OCUPA-ÇÃO

TÂNIA ALEXANDRE MARTINELLI

OCUPA-ÇÃO

ILUSTRAÇÕES DE MARIA GABRIELA RODRIGUES

© Editora do Brasil S.A., 2023
Todos os direitos reservados

Texto © Tânia Alexandre Martinelli
Ilustrações © Maria Gabriela Rodrigues

Direção-geral: Paulo Serino de Souza

Direção editorial: Felipe Ramos Poletti
Gerência editorial: Gilsandro Vieira Sales
Edição: Suria Scapin e Aline Sá Martins
Apoio editorial: Juliana Elpidio e Maria Carolina Rodrigues
Edição de arte: Daniela Capezzuti
Design gráfico: Maria Gabriela Rodrigues
Supervisão de revisão: Elaine Silva
Revisão: Alexander Barutti, Andréia Andrade, Júlia Castelo e Martin Gonçalves
Supervisão de controle e planejamento editorial: Roseli Said

Dados Internacionais de Catalogação na Publicação (CIP)
(Câmara Brasileira do Livro, SP, Brasil)

Martinelli, Tânia Alexandre
  Ocupação / Tânia Alexandre Martinelli ; ilustrações de Maria Gabriela Rodrigues. -- 1. ed. -- São Paulo, SP : Editora do Brasil, 2023. -- (Farol)
  ISBN 978-85-10-09865-6
  1. Literatura infantojuvenil I. Rodrigues, Maria Gabriela. II. Título. III. Série.

23-159795   CDD-028.5

Índices para catálogo sistemático:
1. Literatura infantil 028.5
2. Literatura infantojuvenil 028.5
Tábata Alves da Silva - Bibliotecária - CRB-8/9253

1ª edição / 1ª impressão, 2023
Impresso na Pifferprint

Rua Conselheiro Nébias, 887
São Paulo, SP – CEP: 01203-001
Fone: +55 11 3226-0211
www.editoradobrasil.com.br

Para quem me acompanhou na escrita desta história:

Fernanda Martinelli,
Giovana Martinelli,
Priscilla Delgado,
Rafael Rocha da Silva
e Valerie Camargo

E para quem tem me acompanhado nestes 25 anos de carreira literária e até antes:
Jocimar Martinelli

Prólogo

Meus pais tinham dinheiro sobrando. Porque quando eu tinha 4 anos eles compraram um apartamento para mim, do lado de uma das melhores universidades do país. Doidos. Eu sempre achei que fosse morar lá. Desde os 4 ou 5, o que eu mais desenhava na vida eram hospitais, ambulâncias, roupas de enfermeira (aquelas bem clichês) e estetoscópios, o que eu mais gostava de fazer. Era muito boa para desenhar estetoscópios. Não que fosse o mais fácil. Mas porque pegava o da minha mãe e copiava. Por isso é que vou prestar Medicina daqui a dois anos. Não vejo a hora!

1

Dezembro não tem muita graça para mim. Tem, mas só até a metade do mês, porque aí entram as férias e eu fico um pouco perdida. Claro que gosto de férias, é um período em que minha mãe deixa o consultório, meu pai interrompe as aulas e viajamos em família – meus tios e primos também vão. Para onde? Depende. Praia, montanha, até neve. Por mim, tanto faz, só vou relaxar mesmo lá para o segundo, terceiro dia, quando finalmente entro na *vibe*, dou umas risadas. Não sou triste, não é isso. Meio tensa. Não. Sou uma pessoa como outra qualquer: alegre, triste, tensa. Depende. *It depends on*. Me lembrei da professora de inglês: não esquece do *on*, Sofia, tudo depende de. Certo.

Dezembro vai chegar daqui a três meses, e ainda não sei para onde vamos. Está tudo meio confuso aqui em casa, meu pai anda estressado, perdeu alguns bons alunos. Bons pagadores, entenda-se. Aqueles que geram uma segurança legal no fim do mês porque nunca vão te dar o cano. Faça chuva, faça sol, lá estão eles, firmes e fortes com seu *personal trainer*. Dois alunos foram morar fora do país, ambos na Austrália. Longe, né? Ouvi dizer que o clima do país é ótimo, muito parecido com o do Brasil, e é por isso que tem tantos brasileiros querendo levar aquela vida difícil que é viver num país com mar azul. Nós nunca fomos, e acho que nem vamos. Agora meu pai implicou de vez com a Austrália.

Meu quarto tem cara de biblioteca, está sempre organizado. Minha mãe se orgulha disso, o que acaba gerando alguma comparação com Samuel, meu primo, um ano e pouco mais velho e que deixa tia Manu louca de tanta bagunça.

Samuel tem uma irmãzinha, é 14 anos mais velho que ela. Já me perguntei que reação eu teria se minha mãe me dissesse hoje: Tô grávida, uhuuu!! Seria um desastre! Tenho toda minha vida organizada, ninguém tirando as coisas do lugar, xeretando... Pelo menos quando meu primo-ventania não passa por aqui.

Moramos no mesmo condomínio e somos quase vizinhos. Quase, porque meu tio bobeou na hora de fechar o negócio com o terreno ao lado, e ele foi vendido horas depois. Mas havia outro, um pouco mais para lá. Ainda bem que não deu certo esse mais para cá. Meu primo seria bem capaz de entrar na minha casa pulando o muro.

É que o Samu é meio pegajoso. Como é meu amigo desde que nasci, ele desconhece qualquer coisa sobre limites. Se julga íntimo o suficiente para vir entrando em casa e no meu quarto! Detesto. Ele não sabe para que serve uma porta fechada. Quando preciso me concentrar muito e bate a intuição de que ele vem aqui, nem dou chance, já tranco. Claro que ele insiste: É rápido, Sofi. Preciso te contar uma coisa. Nunca essa coisa é tão importante a ponto de não poder ser contada por mensagem. A desculpa? "Você não abre a mensagem e, quando abre, não responde." Eu respondo, sim. Só demoro.

Se disser que eu e Samu somos inimigos mortais, estarei mentindo. E se disser que somos almas gêmeas, também. Não sei o que somos. Primos, claro, mas primos é muito vago. Posso dizer que é alguém com quem me divirto nas viagens em família, muitas vezes com algum jogo que me ensina na hora. Aprendo rápido.

Só que ele me mete em roubadas também, o que me deixa muito *P* da vida. Ele jura que não são roubadas, que são um favor para que eu tenha um mínimo de diversão nas férias, que, se não fosse por ele, meu salvador, oh, eu só ficaria lendo dentro do quarto.

– E se fosse? – perguntei. – Qual o problema?
– O problema é que você não lê, você estuda.
– Até parece.
– Você trouxe três livros de Biologia!
– Como é que você sabe?

– Sua mãe contou. Contou sem querer... – Adiantou-se, as mãos espalmadas à frente do corpo como que pedindo para eu ouvir a história até o fim. – Tia Carla estava se gabando pra minha mãe da filha maravilhosa que tem... – deu um risinho debochado antes de continuar: – Sofi, você só me causa problema!

– Eu? Rá! Essa é boa!

– E não?

– Não tenho culpa que você é vagabundo.

– Pera lá! Não sou vagabundo coisa nenhuma! Minhas notas são ótimas.

– Não tanto quanto as minhas – mostrei a língua.

– A gente tá competindo e eu não tô sabendo?

Respirei fundo e lhe disse:

– Dá pra você sair do meu quarto? Preciso pôr roupa.

Eu tinha acabado de sair do banho e dado de cara com meu primo, sentado na minha cama. Quem deixou entrar? Não fica difícil imaginar meu pai ou minha mãe lhe dizendo: a Sofi está no banho, senta aí e espera. E se eu saio pelada? Ai, que raiva! Intimidade é a pior coisa que existe!

– Você tá de férias, para de estudar! – ele falou.

– Eu não tô estudando! Gosto de ler esses livros, e você não tem nada a ver com isso!

– Se troca aí, que eu te espero.

– Na sua frente? Tá bom. Some daqui!

– Se eu sair, você jura que vem? Vou ficar sentado ali na porta até você aparecer.

– Eu já te falei que não vou!

– Vai, sim!

– Não vou!

2

*I*sso aconteceu nas férias do ano passado. E aqueles livros não eram meus, mas da minha mãe. Também não eram de Biologia, e, sim, de Medicina, da graduação dela. Meu primo nem para ouvir a conversa direito. Enfim, às vezes, eu pegava alguns volumes da biblioteca dela, achava a leitura interessante.

Concordo que não tinha mesmo por que levar esses livros numa viagem a um *resort* no meio do mato. Natureza, paz, reflexão, rio, água transparente, mais reflexão. Só poderia terminar em tédio, coceira por causa de picadas de insetos, isso se não encontrasse algum calango gigante, tenho pavor total.

Meus pais já estavam no restaurante, Samuel resolveu montar vigília no corredor para eu jantar com ele e não escapar logo em seguida. Meu primo e um grupo de hóspedes, aproximadamente da nossa idade, tinham combinado de "explorar" o *resort*, à noite. Até aí, tudo bem. O problema é que eles queriam ir além.

O *resort* ficava dentro de uma mata, nem sei se era muito fechada ou não, porque eu não tinha prestado atenção no caminho quando entramos. Fazia três dias que estávamos ali, e a essa altura eu já começava a relaxar, a me divertir um pouco na sala de jogos, nas piscinas, a jogar conversa fora. Mas isso é uma coisa. Ir para o mato só com a lanterna do celular é outra bem diferente.

Engraçado que meu primo fez de tudo para me convencer a participar da expedição. Até disse uma frase totalmente estapafúrdia:

– Você não vai cursar Medicina? Então! Tudo a ver com a natureza, as plantas...

– Eu não vou ser botânica, Samu.
Ah, deixa pra lá. O Samu fala muita besteira.

Se você imagina que abri a porta do quarto e Samuel caiu dentro dele como naquelas comédias românticas em que o carinha fica esperando a menina sair, acertou. Patético. Ele rolou mais que propositalmente, ficou deitado, fazendo cena, abraçando meus pés e olhando para mim: Tá linda, prima!

Ergui a perna como quem vai pisar na mão dele. Era minha vontade.
– Para com isso, Samu! Você é tonto?
Ele largou do meu pé e, ainda do chão, me perguntou:
– Seu celular tá carregado?
Puxei o ar e o soltei pela boca, com força. Haja paciência.
Samuel se levantou, num pulo:
– Sete pessoas. A gente vai se encontrar na piscina, depois do jantar, uma galera legal, pode crer.
– Samu. Por que você quer tanto que eu vá?
– Porque você *precisa* se divertir um pouco. Fazer coisa de gente normal.
– Larga a mão de ser besta!
– Pense o que quiser. Só vem.
Dei outro suspiro. Longuíssimo.

Naquela noite, jantei com meu primo numa mesa, enquanto meus pais jantavam com meus tios e a bebê na outra. A comida estava boa. Normalmente fico mais bem-humorada quando a fome passa.

Depois do jantar, fomos para a piscina encontrar a galera. Não eram sete, como disse Samu, mas uns quinze. Não contei, mas não foi difícil perceber que deveria ser o dobro. Tinha um bolo de gente conversando, rindo, mostrando o celular, testando a lanterna.
– Quem são? – perguntei.
– Não conheço todo mundo, né? Você acha o quê?
Ergui as sobrancelhas, deduzindo:
– Que um falou pro outro.
Meu primo fez cara de que isso era óbvio.

Aff. Não gosto de grupos. Primeiro, porque nem todo mundo quer fazer a mesma coisa, um discute aqui, outro ali, tenho preguiça desse processo. Segundo, porque, desde que me conheço por gente, meu rol de amizades sempre foi de, no máximo, três amigas.

Estávamos nos juntando ao grupo, quando peguei meu primo pelo braço, fazendo-o me olhar de frente:

– Samu, você tem certeza de que não é perigoso? Que não tem bicho no mato, nem calango?

Ele riu:

– Você ainda tem medo de calango? São bonitinhos.

– Samu! – Dei um beliscão no braço dele. Torci sem dó.

– Aaiii!

– Me leva a sério!

– Tá bom... – Meus dedos afrouxaram, e ele automaticamente passou a mão no lugar doído. – Não tá mais aqui quem falou, não precisa ficar tão brava! – Não mudei minha cara até ouvir a resposta: – Tem nada, Sofi! Uma galera já fez essa trilha, à noite.

– Trilha? – Me apavorei. – Você não disse nada de trilha.

– Não é bem uma trilha...

– Samu...

Já ia beliscar de novo, no entanto ele se apressou em dizer:

– É só em volta do hotel, Sofi. Tranquilo. Além do mais, vou ficar do seu lado o tempo todo, não se preocupe. – Ele botou a mão no peito, numa encenação ridícula. – Eu juro.

Nessa hora, exatamente aí, era para eu ter dado meia-volta e arrumado outra coisa para fazer. Mas adivinha.

No começo, a galera parecia um grupo de excursão. Só faltou mesmo aquele guarda-chuvinha do cara que vai na frente. Entretanto, não foram necessários nem cem metros para eu ter certeza da besteira que tinha feito.

Grupo unido. Bora. Siga o líder.

Que líder? Talvez, os quatro primeiros. O grupo foi deixando de ser um bolinho para ficar cada vez mais disperso. Se tivesse um *drone* filmando a gente, seria possível identificar quatro pessoas na frente, depois três, duas, cinco e três. É. Acho que tinha mais de quinze... Os três últimos éramos eu, Samuel e Luíse, que eu acabara de conhecer. Pelo interrogatório do meu primo, ele também.

Samuel queria saber nome, cidade, idade, gostos, número do sapato – exagero meu. Mas, sim, a conversa estava ficando íntima demais para o meu gosto. E sabe aquele negócio de "vou ficar do seu lado o tempo todo"? Balela. Ele nem me olhava! Desejei que tivesse um torcicolo daqueles, de tanto falar virado para o lado! Dela, é lógico.

Foi me dando uma angústia. Não conseguia entrar no papo, e meu primo também não ajudava. Além de ficar completamente alheia da conversa, comecei a me culpar por ser essa menina sem sal nem açúcar, nota zero de empatia. Catorze anos. Catorze anos e eu não conseguia sequer andar do lado de fora do hotel, porque morria de medo de escuro e de calango.

Meu coração foi batendo mais forte, a ansiedade só aumentando. Meus olhos se encheram de lágrimas, eu me virei para o outro lado, passando a mão no rosto, como se coçasse um olho ou tirasse um cílio do lugar errado.

Mas o disfarce não foi tão longe, pois eu simplesmente desatei a chorar. Ainda bem que estava escuro! Joguei a luz da lanterna para o chão, deixando que a iluminação chegasse apenas à terra e não à minha cara lavada.

Vou reescrever aquele trecho: Catorze anos e eu não conseguia sequer andar do lado de fora do hotel. Acontece que eu não estava exatamente do lado. Estava longe. E sozinha.

3

Não é filme de terror. Não fiquei sem bateria, não escutei pássaros noturnos barulhentos e assustadores, não gritei. A única coisa barulhenta e assustadora era a minha mente. Claro, também o coração, porque, quando percebi que tinha me afastado do bando, meu coração começou a pular freneticamente. Uma corrente elétrica subiu da barriga ao peito e me fez estremecer.

Xinguei o Samuel de tudo quanto foi palavrão, derramei mais lágrimas, chorando de soluçar, e me sentei na terra, no meio do caminho. Eu não sabia onde estavam aqueles dois. Claro que deveriam estar perto, mas e se eu saísse correndo, entrasse em alguma bifurcação e me perdesse ainda mais? Detestava me ver em situações não planejadas.

Meu primo tinha sumido com a tal Luíse. E eu sentada na estrada feito uma criança chorona, sem saber o que fazer. Puxei a camiseta para enxugar o rosto, entrou terra no meu olho, que ficou pior, raspando. Pisquei e pisquei, as lágrimas fizeram as vezes de colírio e o incômodo melhorou um pouco.

Se eu desaparecesse, meus pais ficariam desesperados, lógico. Mas quanto tempo levaria até que notassem algo errado? Eu tinha urgência, precisava que o desespero deles se desse em quinze minutos e não em uma noite inteira!

Eu estava com medo.

De repente, escutei um barulho. Folhas, galhos... E o medo quadruplicou! Até esqueci da raiva e rezei para que Samuel me encontrasse logo. E se fosse onça?

Olhei para o chão e peguei um pedaço de pau, um graveto de árvore. Me levantei. Num ímpeto, desliguei a lanterna e me mantive imóvel, a respiração o mais controlada possível.

Mas aí comecei a desconfiar que aquele barulho não era de onça coisa nenhuma. Muito menos de calango.

Abri a mão e o graveto caiu. Respirei fundo, mais de uma vez, porque eu precisava estar emocionalmente calma. Lá pela terceira inspiração, abaixei e peguei o graveto de volta.

Fui dando passos sem ligar a lanterna. Ouvi um farfalhar de folhas. Esqueci completamente aquela história de onça e caminhei mata adentro, determinada e corajosa. Adentro. Com um gesto abrupto, joguei luz naquele montinho de gente e disse:

– Seu filho da...

– Ô, ô, não xinga a minha mãe! Regra básica, esqueceu?

Cara de pau!

– Esqueci? Você vai ver o que eu esqueci, seu desgraçado!

– Sofia! – A menina entrou na discussão. Precavendo-se da minha fúria, colocou-se em pé, afastando-se. – Que criancice!

– Criancice? – Ai que ódio!

– Para com isso! – ela continuou, enquanto suas mãos tentavam se livrar do pó da roupa. – Você me assustou, sabia?

Samuel também se levantou, mas não sacudiu a roupa, as folhas todas grudadas. Ele era um porco.

– Sofi...

– E não me chama de Sofi! – gritei. – Aliás, não fala comigo nunca mais! Pra isso que você insistiu tanto em me tirar do hotel? Pra ficar com essa menina aí?

– Eu tenho nome.

– Que se dane! – Virei para ele: – Eu estava muito bem lá, e você quis me trazer aqui. Pra quê? Pra me deixar sozinha? Pra me fazer de tonta? Pensa o quê? Que tem o direito de me usar? Falta de respeito!

Luíse arqueou as sobrancelhas e abriu a boca de espanto, o contrário de Samuel, que ficou com a boca fechada. Ele sabia muito bem quando tinha pisado na bola comigo.

Depois de uns segundos, Luíse falou, mansamente:

– Não sabia que você ia ficar tão brava só porque a gente...

– Pois fiquei! – Não mudei o tom. – E não quero saber de mais nada! – Virei as costas e voltei para a estrada.

Samuel deu um grito:

– Desculpa, Sofi! Pera aí!

Nem olhei para trás:

– Já disse pra não me chamar de Sofi!

Como foi que saí do meio do mato se eu estava perdida.
Parágrafo único: Respirei fundo, achei uma árvore, subi, olhei ao redor, vi luzes do *resort*, calculei a distância a leste, nordeste e a noroeste, chequei a bússola, desci do tronco e caminhei até o meu destino.

Claro que não foi assim.

4

Como disse, quando eu tinha 4 anos, meus pais compraram um apartamento para a futura estudante de Medicina que eu me tornaria. Assim, sendo essa a ocupação da minha vida, natural que a gente brincasse em casa de doutora Sofia.

Está certo, todo mundo brinca de médico quando é pequeno. Mas acontece que eu nunca era a paciente. Nunca meus pais falavam para eu fingir uma dor de barriga ou o que fosse. Não. Eu era a médica, a que curava as dores de barriga. Se alguma vez fui paciente, não me lembro.

Minhas amigas contam coisas engraçadas da infância, tombos, brincadeiras, algumas bobagens. Lembro pouco. Bruh diz que a gente brincava de casinha na calçada, em frente à casa dela, aos 4, 5 anos. Não me recordo dessa brincadeira, por isso ela vive dizendo para os outros que "a Sô nunca se lembra de nada!".

Bruh, de Bruna – ela gosta de usar o *h* –, mora no mesmo condomínio que eu, a duas quadras da minha casa. Por algum motivo, nossos pais tinham bastante contato na época, iam aos mesmos aniversários de criança, à pizzada no salão de festas e, consequentemente, nos aproximamos. Eles se afastaram, não nós. Continuamos a ser *best friends*.

Ela é uma menina cheia de certezas, e isso sempre me deixou segura, tranquila. Se eu precisava de um conselho, corria até a casa dela e falava, falava... Acho que ela meio que fazia o papel de mãe, às vezes.

Minha mãe trabalha bastante, o que é esperado para uma médica. Chega cedo ao consultório e sai quando está escurecendo. Ela é otorrinolaringologista. Tenta falar. E tenta imaginar uma criança brincando de ser médica otorrinolaringologista, porque é claro que eu brincava de ser o que a minha mãe era. Fui me acostumando à pronúncia difícil, praticamente um trava-línguas, treinei bastante e, em pouco tempo, falava tudo de uma vez, sem qualquer engasgo. Era campeã.

Numa outra conotação, trava-línguas, para mim, foi meu primeiro beijo. Um desastre! E só beijei porque eu era muito tonta mesmo, nem gostava do menino de braço esculpido na academia, até hoje tenho horror a menino com bração.

Explico o "tonta". O tal era popular, lá do primeiro ano do Ensino Médio; eu, do nono do Fundamental (sim, foi no ano passado o "tão sonhado" primeiro beijo, pouco antes da minha viagem ao *resort*). Eu nem achava o cara tudo isso, mas minhas amigas achavam e viviam falando dele. Aí, comecei a pensar que eu é que não enxergava direito, alguma miopia estética talvez, que ele devia ser lindão mesmo, charmosaço, e eu uma menina meio boba-sem-gosto, que não entendia nada de namorados e ficantes – muito menos de beijo.

Quando as meninas vieram me dizer que o fulano (o nome dele não é relevante) estava perguntando de mim, eu disse:

– Perguntando o quê?

– Ah, se você tem namorado, essas coisas... – Julie explicou. Ela ainda deu uma olhadinha para Mari, que assentiu com a cabeça, tão empolgada quanto a outra.

– E o que vocês disseram? – quis saber.

– Que tem, mas estão terminando.

– Julie! Não acredito que você falou uma mentira dessas pra ele!

– Pra ele não, que ele não perguntou nada pra mim. Foi pro amigo dele. Não podia?

– Claro que não!

– Mas agora já falei.

– Aff... E aí?

– Aí que a gente vai dar um rolê no corredor, em frente ao quartinho.

– Das vassouras?

– É lá que todo mundo beija.

– E quem disse que eu quero beijar ele?
– Você falou que achava ele bonito... E já que ele perguntou de você, eu pensei...
– E agora vou beijar todo mundo que achar bonito?
Fiquei com raiva. E nervosa também. O primeiro beijo lá no quartinho das vassouras? Mari ficou tentando me convencer de que não era motivo para ficar brava com a Julie (nem com ela, lógico). "Grande coisa uma mentirinha à toa, Sô!" À toa? Isso porque não era com ela. Porque não era o primeiro beijo dela.

O intervalo ainda não tinha terminado, então fomos dar uma volta até o segundo piso, onde ficava o quartinho. Se você imagina que eu queria, não queria, não. Eu, que sempre pensava em tudo, planejava tintim por tintim da minha vida, fui me deixando levar pela lenga-lenga das meninas. Quase acreditei que estava mesmo exagerando, qual seria o problema, afinal?

O menino e a turma conversavam numa rodinha, mexiam no celular, davam risada. Ao perceberem que estávamos ali, vieram até nós. Todos.

Vou encurtar a história: não rolou nenhum beijo nesse dia porque eu mal tinha falado com o tal alguma vez na vida. E, convenhamos, não dá para chegar e dizer: "Oi, vim aqui te beijar", ou "Oi, falaram que você queria me beijar, é verdade?".

Mas a semana foi passando, a gente conversando um papinho meio--besta-meio-normal, as meninas me deixando sozinha de propósito, os amigos dele idem e, quando percebi, lá estávamos nós no quartinho das vassouras. Foi tão ridículo que me dá até vergonha de contar!

Mas vamos lá:

Ele me perguntou se podia me beijar. Na boca?, respondi. Ele perguntou se eu sabia beijar na boca.

Pensa. Quando é que um menino pergunta para a menina uma coisa dessas? Será que ele supõe que vai ouvir uma resposta diferente de sim? Trouxa. Não gostei do beijo e ele também não. Porque, simplesmente, não tinha clima nenhum. Eu parecia um robô executando uma tarefa desinteressante.

Antes de brigar com meu primo lá no *resort*, antes de, cruelmente, ele ter me abandonado no meio do mato, nós chegamos a conversar sobre esse fiasco que não precisaria estar nas páginas da minha vida. Do quanto eu me arrependia de ter beijado aquele menino.

– Mas foi tão ruim assim? – ele perguntou.

– Horrível! Ainda mais no quartinho das vassouras! Que romântico.

– Revirei os olhos.

– Eu também dei meu primeiro beijo lá. Tradição. Você recebeu o vídeo que fizeram, não recebeu? Sacanagem... – Samuel falou a última palavra rindo. Desde quando sacanagem tinha a ver com risada? Sua reação me pareceu totalmente contraditória.

– Nem sei o que faria se alguém tivesse filmado! – esbravejei.

– Pensa pelo lado bom, Sofi: agora você não é mais BV.

– U-AU.

– Mas vamos mudar de assunto. Me fala. Tá achando bom aqui?

– O de sempre – respondi. Nós estávamos sentados na grama, na sombra de uma árvore, nossos braços envolvendo os joelhos.

– O de sempre é chato?

– Não, é só o de sempre mesmo. – Fiz uma pausa e depois disse, sem olhar diretamente para ele. – A gente tem que respirar pra começar um novo ciclo, não é assim que funciona? Alô, Ensino Médio! Tô chegando!

– Ri com meu próprio entusiasmo, excessivo, claro, porém sincero. Eu realmente me sentia empolgada com a nova fase.

– O que você acha que vai mudar? – perguntou meu primo, com desdém.

Encarei-o por um instante e respondi, fazendo de conta que não tinha percebido o pouco-caso:

– Muda que vão faltar só mais dois anos pra eu entrar em Medicina.

– Você só pensa nisso? Em estudar?

– Não, seu tonto. Mas prefiro estar na escola, bater papo com as amigas, ter trabalhos pra fazer à tarde, essas coisas. Gosto de me ocupar. Não gosto dessa pasmaceira aqui – falei e estendi um dos braços, sinalizando aquele verde infinito.

Samuel disse um "ahn" e tornou a olhar para a frente, para o nada, como quando estamos pensando ou nos lembrando de algo. Dei um empurrão nele, que caiu para o lado. Nem reclamou.

– Por que essa cara? – perguntei.
– Nada.
– Eu te conheço!
– É que... Esquece. Você acaba de me dar uma ideia!
– É?
– Quer dizer, a ideia já existia, tô apenas formatando.
– Explica direito.

Ele se animou:

– Olha só, ontem à tarde, na piscina... Lembra de uma galera que conversava comigo?
– Não.
– Claro que lembra! Você estava no guarda-sol, ouvindo música. Lendo e ouvindo música.
– Sei lá, Samu! Vai direto ao ponto.
– Então. Essa galera e eu... Numa coisa você tem razão, Sofi. Aqui tá meio morto mesmo. De dia, piscina; à noite, salão de jogos. Era exatamente isso o que a gente estava comentando, mas não sei por que mudamos de assunto e marcamos um jogo de truco para mais tarde. Sim! Hoje à noite seria perfeito!
– Perfeito pra quê?
– Vou te contar. O negócio é o seguinte.

5

Um tempo atrás, tive um sonho louco. Foi como se tivesse caído num filme, quer dizer, como se o buraco em que eu me via fosse um túnel onde a pessoa vai girando, sendo comprimida, e que, se não explodir e virar pó, derrete; se não derreter, é tragada por uma espiral gigante onde raios fluorescentes emanam das paredes e do teto. Não estou bem certa de que havia paredes ou teto, talvez fogo... Não, esquece o fogo. Havia raios que davam choques. E eu levei um monte.

Não me pergunte por que a gente sonha idiotices porque não saberei responder. O caso é que sempre sonho idiotices que sufocam. Às vezes, grito. Correm pai, mãe, praticamente arrombam a porta, e eu bela e formosa no espaço onírico. Bela e formosa? Como se isso fosse possível quando se está fugindo! Pois, incrível, sempre tem alguém correndo atrás de mim.

Entretanto, dessa vez, ninguém corria, eu estava sozinha naquele círculo de horror. Havia som, uma voz repetitiva e enguiçada, mas eu não conseguia lembrar qual era a mensagem. Tinha alguma coisa a ver com explorar... Explorar o quê? Eu só me lembrava do túnel. Despertei do sonho ofegante, meus pais já dentro do quarto.

Dias antes, eu tinha passado mal na escola, sentido falta de ar. Cheguei a comentar com minha mãe, distraidamente, nem era para eu ter tocado no assunto. Ela se transformou em doutora Carla, exigindo de mim relatório completo. Encerramos a discussão naquele dia sem nenhum veredito e demos o problema por encerrado.

— Vou buscar um copo de água — disse minha mãe, enquanto meu pai aguardava encostado no batente da porta, apoiando a cabeça e um dos ombros, os olhos semicerrados, pingando de sono.

— Não precisa. Já passou.

— Precisa.

Não discuti. Assim que tomei água, minha mãe apagou a luz, os dois foram dormir, e eu fechei os olhos.

Mas perdi o sono. Acendi o abajur e peguei um dos livros que tinha à mão, na cabeceira da cama. Encontrei na pilha um de terror, indicação da Bruh. Troquei pelo de fisiologia médica, a meu ver, muito mais tranquilo e relevante.

Costumava lê-lo sempre, por partes, também grifava e anotava nos rodapés e nas laterais. Era um livro antigo da minha mãe, ela me deu fazia tempo e, sendo assim, eu podia rabiscá-lo à vontade. Fisiologia. Ciência que trata das funções orgânicas pelas quais a vida se manifesta. Por isso que temos alimento orgânico, lixo orgânico, organismo. Organograma deve vir dessa palavra também, mas não tenho muita certeza.

O sonho é uma função orgânica? Tem gente que quase não sonha. A Bruh, por exemplo. A cabeça dela só funciona com números (é a brincadeira que faço quando ela diz que eu não tenho memória), mas ela jura que nunca sonhou com eles. Já pensou você levando uma tijolada de um 10, 20, 5 000? Quanto maior o dígito, maior o galo. Falei para ela por que não jogava na loteria.

Certa vez, em uma de nossas conversas, perguntei:

— O que faz uma analista de dados?

— Analisa.

— Não me diga.

— É sério! Você trabalha com banco de dados.

— Tá. Mas de onde?

— De qualquer empresa, de qualquer área. Como cientista de dados, poderei trabalhar em muitos lugares.

Fiz cara de quem acha a nomenclatura importante. O cargo importante. Puxa, a Bruh cientista de dados. Chique.

Ela sempre gostou de Matemática. De vez em quando ganha dinheiro dando aulas particulares, para alunos mais velhos, inclusive. Eu já tinha lhe perguntado antes sobre o porquê de sua escolha e ouvido o seguinte: Porque é a profissão do futuro e eu quero ficar rica. Eu demoraria um século para responder ao que ela disse numa única frase. Bem sucinta minha amiga.

Quando me falou que poderia atuar em qualquer área, de repente, eu tive um estalo:

– Pode ser num hospital?

– Sim, ué. O hospital pode fornecer os dados pra eu analisar, por exemplo, qual tipo de emergência é mais recorrente naquele bairro, em quais dias da semana isso acontece... Tanta coisa, amiga.

– Bruh, que fantástico! – falei, separando a palavra em sílabas. Dei um abraço nela tão apertado que parecia que tínhamos acabado de passar no vestibular.

Comemoramos, rimos um montão e seguimos planejando, sonhando acordadas, divagando sobre o nosso belo futuro: eu, médica; Bruh, cientista de dados. Nós duas no mesmo hospital. Combinamos até que nos revezaríamos na carona porque, morando no mesmo condomínio, seria irracional irmos trabalhar com dois carros. O planeta não merece esse desperdício.

Na manhã seguinte ao pesadelo, minha mãe quis saber se eu tinha dormido melhor depois que ela e meu pai saíram do quarto, se não tinha tido outro sonho ruim e, aliás, o que foi que você sonhou exatamente, Sofia?. Respondi um sei lá, pois não sabia mesmo o que significava aquilo. Sonhos têm significado?

– Eu digo que sim – esse era meu pai, filosofando às seis da manhã. – Sonhos são projeções dos nossos desejos e angústias mais profundos.

Desde quando meu pai tinha conhecimento em sonhos? Foi a pergunta que lhe fiz.

– Aprendo com meus alunos.

– Eles falam de sonhos com você?

– Sofia, querida, eles falam de tudo. De sonhos, de amor, de traições.

– Traições? – minha mãe.
– Sim, traições. De todo tipo. Não existe um único, traição é traição.
Ficou um silêncio estranho, um clima esquisito. Um traiu o outro, por acaso, e aquilo seria uma indireta, em pleno café da manhã?
Ele continuou com suas divagações:
– As pessoas traem. Não apenas em romances, mas na vida. Não merecem confiança, dedicação, não merecem coisa nenhuma.
– Credo, pai! Que baixo-astral pra essa hora da manhã! Eu que sonho e você...
– Aconteceu alguma coisa? – minha mãe me interrompeu. – Quem te traiu?
– Ninguém. Ou melhor. Todos esses alunos que de uma hora para outra resolvem me deixar na mão!
Minha mãe deu um suspiro, se recostando na cadeira. Tomou um gole de café e, antes que colocasse a xícara no pires, meio parecendo não se importar ou se espantar tanto com o desabafo do meu pai, disse:
– É assim mesmo. Tenho pacientes que, por mais que você peça, não desmarcam a consulta quando não comparecem.
– Você apenas perde uma consulta.
– Oi? – A xícara fez barulho ao encontrar o pires.
– Eu – ênfase no pronome – perco a minha renda!
– Alguém me leva pra escola?

6

Meus tios vieram jantar em casa. Mais tarde, Samu e eu fomos conversar no meu quarto, e eu contei do climão da manhã, que parecia que meu pai e minha mãe falavam em códigos.

– Eles brigaram?
– Não. Mas sabe quando você sente alguma coisa no ar?
– Tinha a ver com o pesadelo?

Olhei meu primo com estranheza, a princípio. Segundos depois, compreendi sua pergunta. Claro.

– Não acredito que a minha mãe foi contar pra tia Manu uma bobagem dessas! – reclamei.
– São irmãs, parece que não têm segredos entre si. Isso também vale pra quando a minha mãe reclama de mim pra sua.

Não dei importância à alfinetada:
– Mas por que falar? É coisa minha, pessoal!

Samuel ergueu os ombros, e eu mesma respondi, especulando:
– Falta de assunto. Só pode.

Ele concordou:
– Quando as mães só falam dos filhos, é sinal de que não têm outro assunto pra conversar. Inclusive com a pessoa em questão.
– Mesmo assim vivem juntas, não se largam.
– A gente também.
– Sim, mas ninguém aqui fica falando de mãe. Não o tempo todo, pelo menos. – Fiz uma pausa. – Samu, me fala o que acha.
– Do sonho ou da briga?

– Não foi uma briga! Quer dizer... Mas é do sonho que eu tô falando. O que você acha?
– Vou lá saber?

Fiquei quieta. Samu era meu melhor amigo, mas ele não sabia exatamente tudo a meu respeito, eu não contava todos os detalhes do que acontecia comigo. Não contei, por exemplo, que tinha ficado com falta de ar na escola, como na noite do pesadelo, muito menos que tinha sido no dia de um evento importante.

– Samu, o que você pensa sobre a sua vida? Você tá no segundo ano e...
– Não vou prestar Medicina, Sofi.

Não entendi a colocação:
– E alguém aqui falou nisso?
– Aqui, não. Mas alguém lá na sala de jantar, sim, com certeza, e o tempo todo.
– Ahn?
– Deixa pra lá.
– Não! Conta. Sua mãe quer que você faça Medicina?

Meu primo balançou a cabeça para os lados, meio que rindo, debochando da minha pergunta.

– Quer me enganar que você não sabe? – e completou na sequência, com certa empáfia: – Deixa ela ficar querendo.

Coloquei o polegar na boca, num gesto automático, e fiquei mordiscando um cantinho da cutícula. Claro que rolava uns papos do tipo nos almoços de família, mas nunca prestei muita atenção a ponto de levar a sério. O que eu mais ouvia era reclamação da preguiça ou bagunça, isso sim, então eu aproveitava para zoar com a cara dele. No entanto, dali a pouco estávamos em outros assuntos, por vezes na hora da sobremesa, o que adoçava tudo.

– Nunca ouvi você dizendo nada parecido – falei. – Pelo menos, não pra mim.
– Isso porque eu não quero fazer nada parecido. Não quero ser médico, nem dentista, como eles, não quero nada! Vou viajar no fim do ano que vem e dar uma sumida.

31

– Quê? Como assim, viajar?
– Mochilão.
– Ah, não, Samu! Você não vai me deixar aqui na fase em que eu mais preciso de você!
– Que fase, Sofia?
– Eu também vou prestar vestibular! Claro, o seu é pra valer; o meu, como treineira, mas...
– Quem disse pra você que eu vou prestar vestibular no ano que vem? Vou fazer mochilão pela Europa, não ouviu? Não quero prestar nada, quero viajar, me aventurar, estudar inglês, alemão, dinamarquês. Cansei dessa pressão de pai, mãe... Dentista frustrada porque não fez Medicina como a sua mãe? Coitada da minha irmã. Tem 2 anos e já deve estar com a vida toda traçada. Vou deixar a bomba na mão dela, fazer o quê?, porque eu, eu não quero essa bomba, não quero a vida deles, quero viver a minha, e a minha não é estudar Medicina nem Odonto, nem qualquer outra coisa parecida. Consultório montado? Dane-se. Não pedi nada.

Emudeci. Era a primeira vez que Samuel falava sobre esse assunto e de forma tão arrebatadora. O mais comum era que me mandasse parar de estudar tanto, de ficar lendo livros que não tinham nada a ver com a minha idade, de agir como se eu já fosse uma estudante de Medicina.

Na realidade, eu não fazia ideia do que estava acontecendo na vida do meu primo. E fiquei muito mal com isso, me senti egoísta por nunca ter notado seu sentimento. Mesmo sem intenção alguma, eu parecia capaz de acionar uma espécie de bomba dentro dele a cada vez que falava da minha vontade de ser médica e da expectativa de que isso acontecesse logo. Essa minha ânsia era explosiva para ele.

Samuel se levantou da cama e me deu um beijo na testa:
– Tô indo pra casa.

Não falei nada, nem o acompanhei. Continuei no meu quarto, estática, sem voz. Pela primeira vez nestes meus 15 anos, Samuel me pareceu outra pessoa. Me dei conta de que eu não sabia nada sobre ele e por isso mesmo não consegui tomar nenhuma atitude para... ajudá-lo? Confortá-lo? Falar "você tá certo, amigo, cai fora?". Cai fora? Sei lá se eu achava certo isso de cair fora.

Quando me refiz do impacto, saí do quarto para tomar um copo de água. Pelo horário, achei que meus tios já tivessem ido embora. Não sei dizer quantos minutos se passaram ou se foi caso de uma hora desde que Samu havia deixado a minha casa. Fiquei esse tempo deitada na cama, pensativa. Triste também, porque nunca tinha visto o Samuel infeliz, um cara sempre alto-astral, às vezes implicante, é verdade, mas nada fora do esperado.

Antes que eu chegasse à sala de jantar, percebi que a família ainda estava reunida. Ouvi minha tia falar o nome do meu primo, então interrompi os passos e fiquei escondida, rente à parede do corredor.

– O Samuel anda muito nervoso.

– É fase – minha mãe a confortou. – Vai passar.

Meu pai também deu palpite:

– Manuela, você já teve 16 anos.

Minha tia não gostou do toque:

– Com 16 anos, eu já sabia muito bem o que queria da vida. E em primeiro lugar estavam meus estudos e minha independência financeira.

Ele meio que se desculpou:

– Não falei por mal. Mas ninguém com 16 anos sabe direito o que quer.

Se eu bem conheço a minha mãe, nessa hora ela deve ter olhado feio para o meu pai ou então chutado a canela dele por baixo da mesa.

Tia Manu continuou:

– É que essa meninada...

– A Sofia, não – minha mãe me botando no rolo.

– A Sofia é exceção – disse tia Manu. – Hoje em dia...

– Eles têm muita informação. – Vez do quarto elemento do grupo, tio Miguel. – É isso o que estraga.

– Discordo! – Volta no meu pai. – E, se quer saber, esse papo não ajuda. Chega de botar a culpa na informação!

– Não é na informação em si, Diego. É no excesso de informação. Ficam perdidos.

– Concordo, amor! – tia Manu. – Nosso filho anda muito perdido.

Meus pais não validaram a tese dos meus tios. Ficaram em silêncio, fazendo o tipo: "deixa eles desabafarem".

Aí, tia Manu disse:

– Carlinha, você poderia falar com a Sofia.

Opa.

– Pedir para ela conversar com o Samu, dar umas dicas... Ela sempre foi tão decidida!

Eu?

Tia Manu continuou a tecer elogios para a minha pessoa:

– É um exemplo de menina, nós duas sabemos quanto é dedicada, sabe bem o que quer desde pequenininha! Acho uma graça!

– Claro, Manu! – concordou minha mãe. – Os dois são muito amigos.

– Sim! É por isso que eu acho que a Sofia pode nos ajudar, não é, amor?

Amor para cá, amor para lá, e eu no meio.

– O Samuel anda se comportando de um jeito! – reclamou tia Manu. – Esses dias levou uma menina lá para casa, fiquei louca da vida! Não pediu, não avisou, a gente lá enfiado no consultório e ele com uma garota no quarto!

Hein?

Tio Miguel veio com o clichê "ciúme de mãe", o que deixou tia Manu ainda mais irritada. Deu um chega pra lá nele:

– Ciúme? Ora, tenha dó! Eu não trabalho feito louca para ele ficar na vida boa, sem responsabilidade.

– Mas eles não usaram nenhuma proteção?

Eu ri tapando a boca. Tinha certeza de que meu pai estava sendo irônico.

– Tô falando sério, Diego! Não é dessa responsabilidade, é sobre estudo, trabalho. Se tem idade para namorar, tem idade para focar os estudos, escolher uma ocupação e assumir sua responsabilidade na vida.

Belo discurso.

– E a profissão é ser dentista. – Ainda meu pai. Certeza a ironia.

– Médico, Diego. Eu sempre achei que ele seria médico. Ele e a Sofia.
– Não bota a Sofia nisso! – Meu pai me matou de orgulho nessa hora.
Tia Manu ignorou a repreensão e dirigiu a pergunta à minha mãe:
– Carlinha, fala com a Sô?
– Falo, sim, Manu. Fica tranquila.
Se eu tivesse uma superaudição, aposto que teria ouvido um suspiro de alívio da tia Manu, já que se seguiu um período de silêncio após a fala da minha mãe.
– Vou ver se a Sofia dá uns toques para ele. Às vezes, é isso o que falta, uma conversa com alguém da mesma idade, mas com mais maturidade.
Desisti de ir até a cozinha. Fui ao banheiro e tomei água da pia.

7

Foi no dia de um evento importante, o Dia das Profissões, que passei mal na escola. A vista escureceu de repente, como se nos meus olhos tivesse um monte de bolinhas brilhantes. Também senti falta de ar. Coisa rápida. Eu não deveria ter falado isso para minha mãe, se nem mesmo para as meninas eu contei. Mas são coisas que nos escapam, fazer o quê?

Anualmente, meu colégio recebe profissionais de diversas áreas para falar sobre seus trabalhos, o que estudaram, como começaram a carreira, o que acham do que fazem hoje em dia, o que precisamos fazer para seguir os passos deles. É direcionado aos nonos anos do Ensino Fundamental e aos três anos do Ensino Médio.

Meus pais já foram convidados, talvez por eu ser aluna do colégio. Falo isso me referindo mais especificamente ao meu pai, pois tenho a impressão de que o convidaram porque já tinham levado a minha mãe três vezes, e ele nunca.

Personal trainer, formado pela universidade X, pós-graduado em reabilitação musculoesquelética, mestre pela universidade Y dos Estados Unidos, com dissertação sobre hipertrofia muscular, e doutorando na universidade da vida. Ele próprio diz assim, entre brincando e falando sério. Deixou a academia, sinônimo de universidade, para se debruçar em outra academia, a dos treinos, do condicionamento físico, da excelência do corpo como máquina humana. Chega de pesquisas, queria ver o resultado de seus estudos *in loco*.

Eu ainda não tinha nascido quando ele e minha mãe foram para os Estados Unidos. Minha mãe tinha terminado a residência e decidiu se aventurar também. Estudar fora, quero dizer. Fez alguns cursos, participou de congressos, enquanto meu pai focava o mestrado em uma das universidades mais reconhecidas na área.

Ficaram estudando nesses dois anos em Indianápolis, viajando por algumas regiões e estados, aprimorando o inglês. Viveram com o pé de meia que meu pai havia juntado mais a grana da minha mãe, dos pais dela.

Meus avós, por parte de mãe, vivem na nossa cidade, são bem de vida, independentes, e de vez em quando aparecem para nos visitar e ver as duas filhas no mesmo dia. E os netos, claro: eu, o Samu e a Biazinha. Nós também os visitamos. Em geral, vamos todos.

Minha mãe é três anos mais velha que a irmã, contudo foi mãe mais tarde. Eu só cheguei quando eles concluíram o que tinham ido fazer lá nos *States*. Dava gosto uma vida bem planejada assim. Tia Manu ficou por aqui, ela e tio Miguel montaram o consultório no início do casamento e um tempo depois tiveram o Samu. Pareciam ter desistido de ter outros filhos, mas, como surgiu a Biazinha, acredito que era apenas uma impressão minha. Meu primo foi filho único durante um tempão, como já contei.

Meu colégio é desses tradicionais, matéria puxada, estudo focado para você passar na melhor universidade do mundo, que vai te fazer o melhor profissional do mundo. Mas, apesar do Dia das Profissões e todo o auê, profissões valorizadas mesmo eram poucas. Você tem três áreas, certo? Exatas, Humanas e Biológicas. Exatas é Engenharia, Humanas é Direito, Economia e Administração e Biológicas é Medicina. Fora essas, só mesmo no Dia das Profissões.

No evento, meu pai falou sobre o milhão de estudos que tinha feito até chegar a ser *personal trainer*. Um cara com um baita diferencial, ninguém duvida. A palestra dele não foi para a minha turma e, sim, para o terceirão. Por isso, só fiquei sabendo a respeito quando lhe perguntei como tinha sido. Ruim. Ele não disse ruim, disse um palavrão. E ele nunca falava palavrão, para você ter uma ideia.

– Por quê? – Perguntei.

– Porque ninguém ali queria me ouvir falar sobre Educação Física. Ninguém ia prestar vestibular para Educação Física, óbvio, percebi isso nem cinco minutos depois que pisei na sala. Que vão lá pra Engenharia deles e me deixem em paz!

Fiquei quieta. Não sabia como engatar uma palavra depois desse descarrilamento de frases amarguradas.

– Já falei pra sua mãe que a gente devia te mudar de colégio.

– Ah, não! Isso não, pai!

Ele me olhou diretamente:

– Gosta tanto assim de lá?

– Gosto, ué. Nunca estudei em outro lugar! E as minhas amigas, você não pensa? E a Bruh? Esqueceu o quanto ela encheu a mãe dela pra mudar de escola só por minha causa?

– O que achei uma decisão errada.

– Por que errada?

– A gente não deve mudar de escola por causa da coleguinha.

– Ela não é minha coleguinha! – Fiquei brava. – É minha melhor amiga!

– Desculpa, Sô. Não devia ter falado nesse tom. Mas é mais ou menos isso mesmo. A não ser que...

– A não ser que ela não estivesse bem no outro colégio. A não ser que as pessoas ficassem zoando com a cara dela o tempo inteiro porque ela tem esse jeito meio *nerd*.

– Verdade? – Ele se espantou.

– Não, pai – eu ri. – É só um exemplo. Não é o caso da Bruh. Mas ela não gostava mesmo da antiga escola e no sexto ano pediu pra mudar. Os pais concordaram e é isso. Tá na minha classe desde então. Simples assim.

Ele relaxou o semblante. Tinha ficado preocupado com a minha brincadeira.

– Você gosta muito dela, né?

– Amo! É minha melhor amiga, já disse.

Ele deu um estalo com a língua e inspirou fundo, como se buscasse a melhor forma de me dar um conselho. Pôs a mão em cima da minha, apertando de leve, e, só por esse gesto, eu soube que tinha acertado na dedução.

– Procura se abrir com ela sempre que precisar, tá bom? – ele disse.
– A cabeça fica mais leve quando dividimos nossos problemas com os amigos.
– Não entendi.

Meu pai largou minha mão e desviou os olhos de mim, por um instante. Apoiou os braços nas pernas, entrelaçando os dedos das mãos, enquanto eu ficava calada, estudando aquele gesto pausado e aguardando o que poderia vir a ser uma explicação.

Mas não foi isso o que aconteceu, ele só me deixou mais confusa:
– É que a sua mãe...
– O que é que tem a minha mãe?
– Tá certo, eu também agi assim.
– Pai, dá pra ser mais claro?

Não adiantou, ele falava para o vento:
– Mas hoje penso diferente, as pessoas mudam. Além disso, tem a sua tia... Ando cansado.
– Da tia Manu?
– Da família inteira.

Arregalei os olhos; ele retificou:
– Menos do Samu e da Biazinha.

Eu sorri junto com ele, e não falamos mais nisso. Mas a mudança de escola estava totalmente fora de cogitação. E quanto à questão "me abrir com a Bruh", isso ele nem precisava dizer. Meu pai achava o quê? Para que serve uma melhor amiga, se não for para escutar nossos dramas?

Recapitulei esse diálogo depois daquele dia em que começamos a falar do sonho-pesadelo e que terminou com pai e mãe brigando por sei lá o quê. E lembrei que meu pai começou a dizer alguma coisa sobre minha mãe, mas não chegou a concluir. Qual era o motivo? Ciúme porque eu ia fazer Medicina e não Educação Física, já que o nosso papo tinha começado por causa do Dia das Profissões? Sei lá, ele todo chateadão, poderia ser alguma coisa relacionada a isso.

De todo modo, não vou ser médica por causa da minha mãe. O que posso fazer, se nunca passou pela minha cabeça cursar Educação Física? Ora, ora. Paciência. Meu pai vai ter que lidar com esse ciúme bobo. A menos que o problema não seja esse.

8

—Oi, tia! O Samu tá aí?
– Sofia, querida! – Ela veio me beijar. – Chegou na hora certa!
– É?
Tia Manu pegou na minha mão e me levou até o quarto do meu primo. Não entendi por que fez isso, já que eu conhecia muito bem o caminho.
Assim que abriu a porta, escutei o Samu dizendo:
– Leva a Bia, mãe! Não vou ficar com ela, não.
Aí, ele me viu:
– Oi, Sofi!
– Oi!
Tia Manu deu uma olhadinha para mim e sorriu. E, então, comecei a entender o porquê de eu ter chegado na hora certa.
Docilmente, ela falou:
– Você ajuda o Samu com a Bia? Pode ser? Não demoro, juro que é rápido.
Fiz uma cara que poderia significar "fazer o quê?", "claro, tia!", algo entre as duas coisas:
– Tá.
Samuel balançou a cabeça para os lados; na sequência, minha tia fechou a porta.
– Você não devia ter aceitado.
– E eu ia falar o quê? Já tô aqui mesmo!
– Essa menina é um terror!

Dei um sorriso e, com os olhos, fui do meu primo à menininha de vestido estampado e descalça, tranquilamente sentada no tapete. Me abaixei e me sentei ao lado dela.

– Oi, Biazinha!

Ela me entregou um carrinho.

– Obrigada, não quero. Brinca você.

Ela insistiu, batendo o carrinho na minha mão.

– Tá certo. Mas você vai ficar sem ele agora?

Bia me encarou, pensativa. E pegou o carrinho de volta.

– Eu vim conversar com seu irmão. Depois eu brinco, tá bom?

Ela nem deu bola. Levantei e fui me sentar na cama, ao lado do Samu, que conversava com alguém ao celular.

– Ela é tão fofa! – eu disse.

– Quando está dormindo.

– Ah, não fala assim! Olha que gracinha, brinca sozinha, não dá trabalho nenhum.

Ele deixou o celular e me encarou:

– Sabe que esses carrinhos são de uma coleção, né? Completei quando tinha uns 12 anos, acredito. Não deixava ninguém botar a mão, nem tirar o pó, eu que fazia isso, muito de vez em quando. Tá vendo a estante? Olha lá. Vazia. Agora olha pra baixo, pro tapete.

Arqueei as sobrancelhas, dando um leve risinho, sem desgrudar um lábio do outro.

– Não tenho razão?

– Mas por que você deu pra ela, então?

– Porque eu sou besta.

Dei risada.

– Ela adora. É incrível, chega no meu quarto e logo aponta para a coleção. Finjo que não entendo, aquele dedo magrelinho continua apontando, e eu me fazendo de desentendido. Pego no colo, dou uma volta pra ver se ela desencana, mas, imagina, fica praticamente me chutando pra eu dar marcha à ré. Desisti. Ela fica quieta, pelo menos.

– Se eu tivesse uma irmã...

– Não ia gostar. – Ele deu um tempo e completou: – Mas irmão você já tem.
Fiquei surpresa com a declaração à queima-roupa. Ainda mais depois do nosso último encontro. Dei um abraço apertado nele.
Um instante depois, perguntei:
– Que é que tá acontecendo?
– Olha, Sofi... Nem sei te dizer.
Ficamos calados por um instante, ele olhou para baixo, ameaçou pegar o celular de volta.
De repente, lembrei:
– Quem é a menina?
– Que menina?
– Na terça, em casa, ouvi uma conversa dos "adultos" – disse a última palavra espaçadamente.
– Fofoca, então.
– Já sabemos que eles falam de nós, por que o espanto?
– E o que foi dessa vez?
– Samu, você trouxe uma menina pra cá enquanto seus pais trabalhavam?
Ele balançou a cabeça.
– Minha mãe ficou brava porque eu não avisei. Bom, isso foi o que ela disse, enquanto me passava um sermão.
– Se avisasse, ela deixaria?
– Não perguntei.
– Quem era?
– Você não conhece.
– Ou não quer me contar?
– As duas alternativas estão corretas.
– Isso é resposta de quem tá estudando pro vestibular.
– Lá vem você.
Bia se levantou do chão e foi puxando a colcha da cama, agarrando meus *shorts* e tudo o que encontrasse pela frente que a ajudasse a subir na cama.
– Tá vendo? Ela é uma gracinha por cinco minutos.

Trouxe-a para o colo. Ela se encantou com meu brinco, foi botando a mão e...

– Ai! – Peguei a mãozinha dela, com meu brinco aberto, enroscado nos dedinhos. Ela puxou e eu gritei de novo. Que mão forte!

Meu primo tinha um ar de desdém, em seus olhos estava escrito "eu avisei".

Achei que nós dois fôssemos conversar tranquilamente, já que era sábado, ninguém tinha aula ou curso de inglês, nada. Quem disse? Bia resolveu querer toda a atenção do mundo, tia Manu estava demorando um século, mas aonde é que ela tinha ido? Trocar uma blusa. Quanto tempo pra trocar uma blusa!

Biazinha cansou e tivemos que sair do quarto. Samuel abriu a geladeira e perguntou se ela queria maçã. Quis. Ele descascou, cortou em pedaços pequenos e pôs num pratinho. Perguntou se eu também queria.

– Não, obrigada. Samu, eu vim falar com você.

– Como? – Apontou para a irmã. Já estava de olho nela para ver se não se engasgava com algum pedaço. – Impossível.

Suspirei.

Engraçado esse lado do Samu, meio paternal. Fraternal é o correto, sei disso. Mas até então eu não tinha pensado nesse Samu afetuoso. Claro que comigo ele sempre tinha sido – apesar de tudo –, mas aquele carinho todo com a irmã me deixou sensibilizada.

Enfim, não houve jeito para conversa. Quando tia Manu chegou, nem eu nem Samuel estávamos no clima para grandes papos. Então me despedi e voltei para casa com uma sensação amorosa dentro de mim.

9

No sábado de manhã, eu e a Bruh fomos à piscina. Ficamos lá durante duas horas, mais ou menos, até bater a fome, na hora do almoço.

Meu primo não apareceu, não sei por quê. Ele adora piscina, esportes de modo geral, acho até que foi ele quem me ensinou a andar de bicicleta. Parece meio romântico falando assim, geralmente quem ensina a andar de bicicleta são os pais. Aquela cena clássica do adulto segurando o banco, soltando aos poucos, um empurra-segura até que... zás! Lá se vão os filhos, voando ou tacando o nariz no asfalto.

Bruh usava óculos escuros, mas dava para notar seus olhos fechados através das lentes. Tínhamos acabado de sair da água, os cabelos pingando – os meus, um pouco mais compridos que os dela, mas ambos castanhos, quase do mesmo tom.

Não deixei que o sol me secasse, o que fiz foi me enrolar na toalha e ficar encorujada na cadeira, os joelhos dobrados e os pés juntinhos. A toalha não era grande, mas dava conta de me aquecer por inteiro.

Olhei de lado, para além da gradinha que cercava a piscina, para a rua que seguia até nossas casas. Era uma das ruas principais do condomínio, e por ali crianças circulavam de *bike*, cachorros passeavam com seus humanos, humanos caminhavam para se exercitar.

Virei para minha amiga e, subitamente, perguntei:

– O que você acha?

– Oi?

Esqueci que ela não estava dentro da minha cabeça e por isso nem fazia ideia do que eu falava.

– Ah! – esclareci: – Do Samu.
Ela recapitulou, tínhamos conversado a respeito dele havia uns minutos.
– O que tá na cara. O Samu não quer ninguém dizendo o que ele deve ou não deve fazer. No caso, estudar.
– Sabia que ele levou uma menina pra casa dele?
– Ai, Sô! – Ela riu. Imagino que eu tenha feito cara de reprovação, espanto, fiquei até com vergonha depois.
– Levou escondido – expliquei, para amenizar meu constrangimento. – Passou a tarde com ela no quarto.
Piorou. Que fala horrível! Larguei mão de tentar explicar. Minha amiga escondeu o riso, pois percebeu que meu incômodo era real.
– Ele que te contou?
– Não. É isso o que me deixa encanada! Escutei minha tia falando pra minha mãe.
– Sô, deixa disso! Você nem sabe o que aconteceu direito, por que ficou chateada?
Boa pergunta. Isso talvez me ajudasse a ordenar os fatos.
– Fiquei chateada mesmo! Por que ele não me contou?
– Você conta tudo pra ele?
– Quase tudo.
– Ele também. Vai ver, isso faz parte do "quase".
Não gostei da resposta, apesar de concordar com ela. Fiquei pensando. Acho que a gente não conta mesmo tudo, tudinho, pra nossa melhor amiga ou pro nosso melhor amigo.
– Você tem segredos pra mim? – perguntei.
– Eu não. Você tem?
– Não.
Bom, de qualquer maneira, quando temos um segredo, é claro que não vamos admitir. Ainda assim, resolvi aliviar minha consciência pesada:
– Bruh, sabe aquele dia, na universidade... O do Open Campus?
– O dia em que você beijou o Bê.
– Exatamente. – Essa parte eu tinha contado. Só não tinha sido do jeito certo.

– Ahn.
– Eu desmaiei.
– O quê? – Ela tirou os óculos de sol, aquele olhão verde arregalado. Tão lindos os olhos da Bruh, parecem o mar. Os meus são castanhos, o comum do comum.
Continuei:
– Não foi a primeira vez. Quer dizer, um dia na classe eu quase desmaiei, ainda bem que estava sentada. De uma hora pra outra, senti a vista escurecer, faltou ar, isso tudo durou segundos, depois passou, fui voltando ao normal.
– E onde eu estava que não percebi?
– Na outra sala. Foi no Dia das Profissões. Ficamos separadas, lembra?
Bruh saiu da cadeira dela e veio se sentar comigo. Segurou minha mão, ternamente:
– Como é que você não me conta uma coisa tão grave assim?
Aí, comecei a chorar, e ela me abraçou. Se a Bruh tinha dito que era grave, é porque era grave mesmo, não tinha conversa.
– Sô, fala direito o que aconteceu. Tô preocupada!
– Foi como eu te contei. Passei mal na classe e cheguei a desmaiar na universidade. Foram segundos. As duas vezes. Eu não dei muita importância na hora, botei a culpa no calor, mas aí juntou com aquele sonho esquisito e fiquei desse jeito, meio perdida, apavorada.
Bruh não disse nada por um momento, ficou pensativa, tentando encaixar os fatos. Mas quem disse que uma coisa tinha a ver com a outra?
– E o Bê nessa história? – ela perguntou.
– Entrou no meio disso tudo.
– Ahn.
– Só pulei esse pedaço do desmaio, eu juro.
– Sei.
Bruh ficou me encarando. Ela me conhecia muito.
– Tá certo. Mas, se eu tivesse contado exatamente como tudo aconteceu, teria que ter falado sobre o desmaio também e eu não queria te deixar preocupada.

– Aí, você resolveu mentir pra mim.
– Claro que não!
– Vai falar que "omitiu". – Fez uma careta mostrando a língua. Só ergui os ombros e apertei os lábios numa espécie de concordância. Ia falar o quê, se era isso mesmo?
– Desculpa, Bruh. Não faço mais.
Ela desmanchou a cara séria e riu:
– Ai, Sô! Tem hora que você parece criança!
Ri também:
– É por isso que eu tenho você, amiga. Pra me aconselhar.
– Tá bom. Agora para de enrolar e conta logo como foi.

10

Samuel não apareceu mesmo na piscina e também não me mandou mensagem. Estava quieto. E eu enjoada de ficar quieta em casa, por isso peguei a bicicleta e saí, por volta das cinco da tarde.

É gostoso andar de *bike* no condomínio. Já caí algumas vezes porque geralmente passo por onde não olho direito. Sempre tem alguma casa em construção, uma pedra que escapa de onde não deveria e acaba indo parar bem ali, debaixo da roda. Algumas raladas e só, nunca aconteceu nada grave.

Estava nessa de pedalar pensando na morte da bezerra, quando passei em frente à academia e vi meu primo correndo na esteira. Deitei a bicicleta na sarjeta e fui até lá.

– Ei, Samu! – gritei, ainda do lado de fora, acenando com o braço. Ele ergueu a mão, num rápido cumprimento.

A academia estava praticamente vazia, somente outras duas pessoas treinavam nos aparelhos àquela hora.

– Oi, Samu!
– Oi!
– Falta muito?

Ele tirou um dos fones:

– Muito pra quê?
– Pra você acabar de correr.
– Comecei faz pouco tempo.
– Ah... E por que não corre lá fora? – apontei. – Na rua.
– Porque eu gosto mais de correr aqui dentro, ué.

Fiz cara de quem nunca escolheria essa opção. Acho muito enjoativo correr sem sair do lugar, mesmo tendo uma completa visão do lado de fora, como é o caso da academia do condomínio, toda envidraçada. Tenho a impressão de que a hora não passa.

– Fui na piscina com a Bruh, hoje cedo. Achei que você fosse aparecer por lá. Mó calorão.

– Dormi até tarde.

– E acordou morrendo de fome... – Ele riu. – Comeu um monte e agora tá querendo gastar o exagero.

– De onde tirou isso?

– E eu não te conheço?

– Nem vem que você é igual. Fica num mau humor que dá medo quando tá com fome.

Ignorei.

– Você não foi mais lá em casa.

– Ih, Sofi... Ando chato pra caramba. Você tem que me agradecer.

– Por causa disso que tá correndo? Pra tirar a chatice?

– Mais ou menos. Buscando endorfina pra minha vida.

Não falei mais para não precisar ouvir que eu estava atrapalhando, que ele estava ficando cansado e desconcentrado na corrida.

Havia um banco ali perto onde o pessoal treinava bíceps e tríceps, e eu me sentei. Vi quando meu primo recolocou o fone, deve ter se sentido feliz por eu ter encerrado a conversa.

Foi me dando uma preguiça, então me deitei usando as mãos como travesseiro. Olhei ao redor, para os pôsteres nas paredes: num deles, uma moça levantava um peso de sei lá quantos quilos; em outro, um cara puxava ferro, esse sim pesadão, os dois com corpos esculturais, um brilho ressaltando os músculos. Devem ter se melecado de óleo e jogado água, um desses efeitos que a gente vê nas fotografias, profissionais ou não. Todo mundo quer ficar bonito na foto. Tudo bem. Pode ser um estímulo. Eu, pessoalmente, nunca vou ficar como eles. Primeiro, que nem tenho tempo; segundo, que acho bobagem tanta dedicação.

Meu pai brigaria comigo se me ouvisse falando assim, já que vive dizendo que essa é uma maneira equivocada de ver os treinos. Mas, se são sempre pessoas desse biotipo estampadas nas paredes das academias, o que ele quer que eu pense? Ele vai dizer que é uma visão simplista e que o treino envolve muito mais do que corpos sarados. Sim. Mas a propaganda que se faz é exatamente essa.

Devem ter se passado uns dez minutos antes que eu perguntasse de novo ao meu primo se ele ainda ia demorar. Samuel mirou o visor da esteira que marcava o tempo e respondeu que faltavam quinze minutos.

– Então vai lá em casa depois – falei. Já estava entediada de ficar ali.

– Tô suado e fedido. Preciso tomar banho.

– Depois do banho. Eu também não quero que você entre na minha casa nesse estado deplorável.

– Beijo, Sofi.

Entendi a deixa.

– Tchau.

11

Naquele dia do Open Campus, cujo nome nada mais é que "universidade de portas abertas", mas que alguém achou chique botar o nome em inglês, acordei com um frio na barriga.

É legal sentir frio na barriga no alto da montanha-russa, pulando de *bungee jump* ou fazendo rapel (com exceção da montanha-russa, passo longe dos demais). Entretanto não é nem um pouco confortável, para dizer o mínimo, sentir uma coisa dessas do nada – você simplesmente acorda e sente aquele gelo na boca do estômago. Pior, sente dor de barriga.

Fui ao banheiro e voltei para a cama. Como eu não aparecia para tomar café, minha mãe foi atrás de mim:

– Sofia! – Ela me assustou com seu tom de voz. – Que é isso, menina? Voltou a dormir?

– Mãe...

– Quer perder a hora? O ônibus não espera, não. Levanta.

– Mãe, não tô bem...

– Por quê? O que está sentindo? – Chegou mais perto e botou a mão na minha testa. Típico. – Com febre você não está.

– Tô enjoada.

– Xi... Justo hoje?

Justo.

Desde o início do ano, não só eu, mas o Ensino Médio inteiro esperava por esse evento. Nas semanas que o antecederam, me perdi nas páginas da internet lendo tudo o que podia sobre as atividades e oficinas. Fiquei empolgada vendo as fotos de eventos anteriores, da galera zanzando pela universidade, tudo bonito, colorido. Minha expectativa, como fica fácil de presumir, só aumentava.

Na escola, eu observava o pessoal do terceirão se matando de estudar, formando grupos de estudo, falando sobre as notas do Enem, os temas da redação de outros anos, especulando qual seria o tema deste ano... Numa hora, tudo isso me assustava terrivelmente, mas em outra eu queria que chegasse logo a minha vez, me via ansiosa, contando o tempo. Eram sentimentos contraditórios que iam e vinham sem que eu tivesse controle algum sobre eles.

Portas abertas. Acho o conceito bem legal. Meu primo foi no ano passado e voltou contando mil coisas sobre as pessoas que tinha conhecido, até sobre o lanche que tinha comido no *food truck*. Na época, falei que ele deveria estudar Gastronomia em vez de...

Espera um pouco. Não houve naquela conversa "em vez de", porque o Samu simplesmente nunca me disse o que queria estudar. Só agora começo a ligar os fatos e a entender por que ele não quis ir ao evento deste ano.

A voz da minha mãe me deu outra sacudida:

– Vou fazer um suco para você. Tenta comer alguma coisa também.

– Vou vomitar.

– Então vou te dar um remédio.

– Não quero tomar nada, mãe!

– Sofia...

Fui me virando devagarinho, feito um rolo pesado. Já viu um rolo de feno? Uma vez, viajando de carro pelo interior da França, eu me encantei com esses rolos espalhados na beira da estrada. Tanto que fiz meu pai parar o carro para eu ver de perto. Ele fez o que pedi, tirou até foto, aquele vento frio... Lembro disso por causa da fotografia, eu apareço encostada num deles, com a blusa de lã marrom de gola alta, sorrindo como se tivesse descoberto algo incrível. Eu era minúscula perto deles. Que ano foi isso...? Não lembro. Só olhando o álbum de fotos, minha mãe imprime algumas que considera importantes e deixa tudo anotado nos rodapés. Voltando aos fenos, é comum eles serem guardados no verão para servir de alimento para os animais no inverno. Também já vi aqui no Brasil, em alguma estrada do Sul, não lembro qual lugar exatamente. É bonito de ver.

Viajamos bastante de carro, e eu me lembrei dessa história por causa do remédio para enjoo. Quando era pequena e ficava muito enjoada, minha mãe me mandava tomar. Tomava, sentia sono, dormia um tempo e acordava melhor.

Fiquei de barriga para cima e fui abrindo os olhos devagar.

– Um suco de laranja vai te fazer bem – insistiu minha mãe. – Você ficou lendo até tarde, Sofia? Já te falei para não fazer isso, depois não acorda.

Dei um suspiro e me levantei. Fui ao banheiro novamente e lavei o rosto várias vezes. Água fria, gelada. Tomei o bendito suco de laranja, mas nem passei perto do remédio.

No entanto, por incrível que pareça, eu melhorei. Minha cara devia estar ótima, aliás, porque nem a Bruh percebeu alguma coisa diferente. Também não quis contar. Nunca vi minha amiga tão eufórica em um passeio, parecia mais empolgada do que na viagem de formatura do ano passado.

– Quero conversar o máximo que puder com os professores, espero que eles tenham muita paciência comigo, rá-rá – disse ela. A essa altura, já seguíamos para o ônibus: Bruh, Julie, Mari e eu.

– Os alunos vão falar também? – Mari perguntou.

– Alguns, sim – respondeu Julie. – Pelo que sei, ficarão responsáveis por algumas oficinas.

– Ah, é? Quem te disse? – eu quis saber.

– Um dos estudantes com quem conversei ontem. Achei um grupo e entrei.

– Nem vi esse grupo...

– Eu passei, sim, você que esqueceu.

– Já pensaram quando for a gente? – sonhou Bruh. – Explicar pra galera do Médio como são as aulas, tirar as dúvidas... Não acham o máximo?

Concordamos. Só a Mari estava meio aborrecida por não saber aonde ir, não conseguia escolher nada, por mais sugestões que tivéssemos dado no decorrer da semana. A bem da verdade, ela quase desistiu da excursão, só não desistiu porque não deixamos: "Vamos todas, você não tem essa opção".

No meio da conversa, Bruh resolveu provocá-la:
– Bora pra Matemática, amiga?
– Nem morta!

Rimos da cara que ela fez, principalmente porque todo mundo sabia que suas preferências não passavam nem perto das preferências da Bruh.
– Então vem comigo! – sugeri.
– Deus me livre, ficar vendo cadáveres!
– Ai, Mari! – continuamos rindo. – Nem me fale isso que já passo mal!

Resolvi brincar também, estávamos todas falando um monte de besteiras mesmo, coitada da nossa amiga indecisa.
– Mal? – disse Bruh. – Você não tem o direito de passar mal com algo que vai ser corriqueiro na sua vida.

Apesar do tom de brincadeira, encarei como séria a teoria da Bruh. E isso conseguiu provocar um mal-estar em mim, como se aquela sensação do início da manhã pudesse voltar a qualquer momento. Decididamente, eu não estava bem para ficar com esse tipo de coisa na cabeça, por isso dei uma guinada geral no pensamento e fui parar em flores, céu azul, jardim, mar, montanha. Respira, Sô, respira... Não lembro onde eu tinha lido essa técnica, mas comigo funcionava.

O céu estava mesmo azul, o dia lindo, um sol de rachar coquinho. Dia leve, igualzinho a comercial de margarina.

E foi com essa leveza toda que entramos naquele ônibus.
Voilà!

12

A área de encontro ficava num espaço arborizado, com almofadões coloridos pelo chão, e era onde aconteciam as exposições e apresentações de artistas. As meninas e eu nos encontraríamos ali mais tarde, na hora do almoço, já que também funcionava no local a praça de alimentação.

Estudávamos no mesmo colégio fazia tempo e, desde que nos conhecemos, viramos uma turma que deu certo. Tínhamos passado por todas as criancices do mundo, as crises mais terríveis da adolescência e agora estávamos prestes a pensar no nosso futuro, na carreira profissional, nesse sucesso todo que é a vida de adulto. Tirando o exagero, pensar na escolha da carreira era algo importante para mim. Cresci me projetando na médica que eu seria.

Não tinha como Samuel me entender mesmo, já que ele estava totalmente em outra. Este era o real motivo para julgar minha dedicação aos estudos uma bobagem: O que você acha que vai mudar? Que vao faltar dois anos pra eu entrar em Medicina.

O mal-estar voltou.

Senti minhas mãos geladas, o coração fora do ritmo. Me deu um calor inexplicável nessa hora. Passei a mão pela testa e senti gotículas de suor. Não entendi. Eu não suava nem na aula de Educação Física.

Saí da sala, peguei o celular e abri no nosso grupo: "Meninas, eu…". Apaguei. Achei injusto pedir ajuda, todas ocupadas e se divertindo, por que eu iria atrapalhar? A essa hora, Bruh deveria estar concentrada no raciocínio dos negócios megadifíceis da Estatística; Mari e Julie nas atividades da Comunicação; e eu… Bem, eu que resolvesse sozinha os meus problemas sem bancar a chata com ninguém, ponto.

Respirei fundo e continuei andando pelo corredor da faculdade. Respirava e pensava em flores, respirava e pensava em céu azul. Não deu. Em certo momento, o desespero bateu forte, e eu achei que fosse vomitar.

Saí do prédio andando rápido, pensei que poderia me sentir melhor se fosse para a área de relaxamento. Não prestei muita atenção no caminho, creio ter virado para a esquerda quando devia ter virado para a direita ou vice-versa – minha cara fazer isso. Só sei que nada de achar o tal lugar, só via prédio, prédio, e então resolvi fazer o que não se deve fazer numa situação como essa: corri.

E bum!

Achei que tivesse sido por causa de um tropeço, mas não. Eu caí porque desmaiei. Foi um apagão de segundos, e só não passei mais vergonha porque não havia quase ninguém ali.

Quase. Havia uma pessoa, que se agachou e passou a mão por debaixo da minha nuca, me amparando com delicadeza. Ao abrir os olhos, dei de cara com o menino me olhando bem de perto, por cima dele um céu azul, sem nuvens, e a copa de uma árvore imensa.

Se tivesse tomado o remédio da minha mãe, quem sabe eu não tivesse enjoado, passado mal e desmaiado, muito menos feito a coisa mais inusitada da minha vida.

Quando ele perguntou "Você tá bem?", e perguntou de tão pertinho, a mão ainda agarrada ao meu pescoço, a boca tão próxima da minha, perdi completamente a razão. Meus neurônios devem ter dado uma embaralhada geral porque, naquela hora, eu só sentia a química da endorfina, dopamina e sei lá mais quantas inas explodindo no meu cérebro. Apenas obedeci aos hormônios e instintos mais básicos de qualquer adolescente: ergui a cabeça e lhe dei um beijo na boca.

Pela primeira vez na vida fiz uma coisa absurda, que contrariava todas as minhas regras internas. Não foi um beijo cinematográfico, mas foi um beijo na boca, e é claro que fiquei sem graça, dei uma de que não sabia o que estava acontecendo e desmaiei de novo, quer dizer, fingi que desmaiei deitando a cabeça no chão, fechando os olhos. Meu desejo era de que ele desaparecesse de fininho, sem falar nada. Queria me afundar no asfalto!

De todo modo, eu tinha a obrigação de dizer alguma coisa e me explicar:
— Tô procurando o prédio da Medicina...
— Medicina?
Fui me sentando devagar, a cena já estava ridícula demais para que eu permanecesse deitada.
Ele se levantou primeiro e estendeu a mão para me ajudar:
— Você tá longe da Medicina.
Fiquei de pé e bati as mãos na calça e na camiseta para tirar a sujeira. O menino achou que tinha que continuar me ajudando e desenroscou um galho do meu cabelo. Fiquei estática quando a mão dele se aproximou. Até que me mostrou o intruso, e eu lhe agradeci forçando um risinho. Aquele pedaço de árvore era mais do que a prova do crime.
— Desculpa! Não sei o que deu em mim. Juro, nunca fiz isso. Você não vai acreditar, mas tem acontecido muitas coisas estranhas na minha vida. Tipo um sonho, um jogo, sei lá, mas agora não foi nada disso; ai meu Deus, que vergonha!
— Calma, tudo bem — ele tentou não rir para não me deixar mais embaraçada do que eu já estava. — É estranho mesmo conhecer alguém dessa maneira, mas...
Fiquei roxa! Se eu pudesse sumir, sumiria. Mas você acha que eu ia sair correndo pela segunda vez e errar o caminho de novo? Eu estava perdida.
— Onde é a área de relaxamento? — pronunciei algo com sentido, dessa vez.
— Pra lá! — Ele apontou uma das ruas que cortavam a avenida. Eu não estava tão errada assim. Na localização, quero dizer.
Meus olhos ainda fitavam o caminho, quando ele se apresentou:
— Meu nome é Bê. Bernardo. E o seu?
Estendi-lhe a mão:
— Sofia.
— Muito bem, Sofia. Vem comigo, que eu te levo lá.
Tirei a mão, instantaneamente:
— Não, obrigada. Já entendi o caminho, você explicou direitinho. Minhas amigas estão me aguardando, vamos almoçar juntas.
— Ok.

Que grossa! Mas o que é que estava acontecendo comigo? Primeiro beijava o cara, depois o tratava mal.

– Desculpa, Bê! – Era muito íntimo já chamá-lo pelo apelido? – Não quis ser mal-educada. Não acordei nada bem hoje, quase não vim.

– Isso é ansiedade.

– Você é médico?

– Eu? Não. Estudo Ciências Sociais. E esse prédio que você tá vendo aí na frente é o da minha faculdade.

– Ah...

– Eu disse ansiedade porque sei bem o que você tá passando, senti tudo isso no ano passado. Foi terrível.

– Bom... – Eu queria dizer que não estava ansiosa porque ia prestar vestibular dali a pouco, ainda faltavam dois anos para isso acontecer, mas não sei por que não disse. – Você tá em que ano?

– No primeiro.

– Ah.

– Tá se sentindo melhor pra ir sozinha?

Balancei a cabeça para os lados, num movimento rápido, e esbocei um sorriso simpático:

– Não sei por que disse aquilo, esquece. É claro que podemos ir juntos. Se você estiver indo pra lá.

Bê respondeu que sim, e então fomos conversando. A essa altura, a sensação de vergonha já tinha passado e eu estava mais solta.

– Então você vai ser sociólogo – falei, puxando assunto.

– Antropólogo.

Bê deve ter notado minha cara confusa, porque logo em seguida explicou:

– A Antropologia estuda o homem no que se refere às suas relações com a cultura, os costumes, a religião, a organização política e, a partir daí, tenta entender as realidades sociais maiores. Já a Sociologia geralmente parte do conhecimento das coletividades, ou realidades sociais maiores, com o objetivo de entender o comportamento grupal ou individual. Deu pra entender um pouco?

Fiz mais ou menos com a mão, só para não dizer que não tinha achado muita diferença entre as duas coisas.

– Quer dizer que o aluno do seu curso é graduado como... Como o quê?

– Cientista social.

– Ah... E depois é que vai aprofundar os estudos em Sociologia ou Antropologia. Isso?

– Se ele quiser, sim. Também pode seguir para a Ciência Política.

– E ser um cientista político – deduzi.

Ele balançou a cabeça, confirmando. Disse que alguns estudantes seguem a área acadêmica, tornam-se professores, pesquisadores...

– E você? Quer trabalhar onde?

– Onde, exatamente, não sei. Mas conheço uma ONG, sigo páginas na internet, eu me identifico com os trabalhos do terceiro setor.

– Terceiro setor, que obviamente não tem nada a ver com o que a gente aprendeu na escola – pensei alto.

– Como assim?

– Eu ouço essas nomenclaturas às vezes: primeiro, segundo e terceiro setor. Mas têm significados diferentes daqueles que aprendi nem sei quanto tempo atrás. Acabei me lembrando agora.

– Você deve estar falando dos três setores da economia: agricultura, comércio e indústria.

– Isso!

– Quando eu disse terceiro setor, estava me referindo aos setores sociais. O primeiro é o público, as pessoas estão lá para trabalhar para o interesse da população; o segundo é o privado, o qual gira em torno de um lucro, da comercialização de produtos ou serviços; e o terceiro é aquele em que não há fins lucrativos e cujo objetivo é o de trabalhar para o bem social da população.

– Mas isso não é o que o primeiro setor tem que fazer?

– Bom, existe um conceito que não considera que é só o setor público que deve atuar nas políticas públicas. O setor privado também pode se envolver, o terceiro setor, toda a sociedade, de modo geral.

– Entendi. – Depois de uma pausa, falei: – Acho que você deveria seguir a carreira acadêmica, leva jeito para professor.
– Ah... – Bê sorriu, quase tímido. – Meu lugar é no terceiro setor. Mas, de toda forma, obrigado pelo elogio.
Devolvi o sorriso:
– De nada.
– Mas me fala sobre você. Ah, já sei! Vai prestar Medicina.
Balancei a cabeça indicando que sim. Não faria sentido eu estar naquele momento procurando o prédio da Medicina, se não tivesse interesse pelo curso. Na verdade, eu não estava procurando prédio nenhum, mas Bê não sabia disso.
Falamos um pouco sobre mim, contei que minha mãe é médica, meu pai, *personal trainer*, que minhas amigas estavam em alguma atividade, que eu tinha saído de uma palestra e... parei por aí.
Quando chegamos à área de relaxamento, peguei o celular para mandar uma mensagem para as meninas. Foi então que notei a hora, ainda era cedo para o almoço. Como elas não tinham dado notícias até o momento, deduzi que estavam em suas programações.
A minha tinha sido totalmente furada, um fiasco. Vi uma rápida apresentação de alunos do quinto ano, mas não participei efetivamente de nenhuma palestra ou oficina. Ou seja, não tinha feito nada de útil naquela manhã.
Estou exagerando. É claro que não foi bem assim.

13

Decidi não esperar as meninas e acabei almoçando com o Bê. O cheiro de comida estava por toda parte, e comecei a sentir fome. Além do mais, Bê tinha compromisso logo depois do almoço, precisava voltar para a faculdade dele, e eu, para alguma palestra.

Estávamos aguardando nossos lanches, quando ele me perguntou:
– Desde quando você quer ser médica?
– Desde criança – respondi.
– Por causa da sua mãe?
– Talvez. Cresci vendo minha mãe e meu pai nesse meio.
– Você não disse que seu pai é *personal trainer*?
– E especialista em dor crônica.
– Que interessante!
– Ele prioriza a qualidade de vida, vê a pessoa como um todo.
– Ou seja, não trabalha pra deixar ninguém bombado.
– Lógico que não.
– Tô brincando... – ele riu. – Natural que você queira seguir essa área.
– Acho que sim. Sempre me pareceu meio óbvio.

Nossos lanches chegaram e ficamos um tempo sem conversar. Queria encontrar um modo de contar a ele o que ainda não tinha contado. Parecia que eu estava sendo falsa ou algo assim.

Acabei de mastigar, limpei a boca no guardanapo e tomei coragem:
– Bê, eu não vou prestar vestibular agora, ainda tô no primeiro ano do Ensino Médio.

Fiquei com vergonha de contar minha idade. Sei lá, ele com 18, na faculdade... Acho que me senti meio criança, de repente.
— Ah... Não se preocupe, passa rápido.
Se eu estava me sentindo criança, aí me senti mesmo! Fui ríspida na resposta:
— Não precisa passar rápido. Estudo pra caramba e sei da importância desse tempo pra me preparar. Não é fácil entrar em Medicina, você deve saber.
— Claro.
Esperei uns segundos e retomei o diálogo como se nada tivesse acontecido. Queria desfazer logo esse mal-estar que acabei gerando entre nós:
— Você sempre quis fazer Ciências Sociais?
— Sempre, não. Já cheguei a pensar em Jornalismo, História... Área de Humanas.
— Ahn.
— E você? Na certa, sempre gostou de Ciências e Biologia.
— Nunca pensei em ser bióloga. Nem é a minha matéria preferida.
— Não?
— Não. Na verdade, eu gosto de tudo. Tudo por igual. Tiro notas boas em todas as matérias, quero dizer.
— Uau!
Resolvi me explicar:
— Eu não quis ser pedante, por favor, não pense isso.
— Não, imagina. Foi no sentido literal mesmo esse "uau", não foi pra zoar, não.
— Eu sou boa aluna, só isso – justifiquei, timidamente.
— E poderia estudar o que quisesse que se daria bem, eu suponho.
— Isso eu já não sei... Você acha que a gente escolhe aquilo que já conhece? Eu escolho Medicina porque a minha mãe é médica. Você, por causa do trabalho das ONGs...
— Acho que nem sempre. Meus pais não trabalham em nada parecido com o que eu escolhi. E minha irmã mais velha é arquiteta.
— Arquitetura é legal.

– Ciências Sociais também.

– Tá querendo me fazer mudar de ideia, é? – eu ri.

– Ah, foi só um comentário. Mas, como você ainda tem dois anos pela frente, tudo pode mudar, né?

Fiquei séria:

– Comigo não vai mudar.

– Puxa, tem tanta certeza assim?

– Você não me conhece. Detesto mudança de planos.

14

Estava estudando no meu quarto, quando meu pai bateu à porta, abrindo-a em seguida:
– O Samu está aí.
– Aqui? E por que é que ele não entrou?
Meu pai jogou as mãos para cima, dando a entender que não fazia ideia.
Deixei minhas coisas de lado e fui até a sala. Vazia. Olhei para trás, para o meu pai:
– Cadê o Samu?
– Lá fora. Não quis entrar.
– Ele vive invadindo meu quarto e agora ficou com cerimônia?
– Pois é.
– Eu vou até lá.
Meu primo estava sentado num degrauzinho do jardim, ao lado de um trecho de grama e plantas pequenas.
– O que tá fazendo aqui fora, Samu?
Ele girou o corpo ao ouvir minha voz:
– Oi, Sofi. Tudo bem?
– Eu que pergunto. – Sentei ao lado dele.
– Eu tô. E você?
– Sim, o de sempre. Por que não veio aqui depois da academia? Eu te mandei mensagem, achei que estivesse a fim de conversar.
– Dormi cedo.
– Ahn.
– Vamos dar uma volta?

– Onde?
– Sei lá. Caminhar por aqui mesmo.

Lembrei do *resort*. Era noite, como naquele dia, e também era muito estranho que Samu me convidasse para caminhar, simplesmente.

– Você tá querendo aprontar alguma comigo?
– Eu? Tá maluca?
– Sei... – Mostrei um meio sorriso, um ar de desconfiança. – Vou lá dentro avisar meu pai e já volto.
– Ok.

Aproveitei para pegar uma blusa fininha de manga comprida, a qual amarrei na cintura. Tinha chovido pela manhã, à tarde o tempo tinha ficado esquisito, agora estava querendo esfriar. Mesmo assim, continuei vestida como estava, com camiseta, *shorts* e tênis.

Ao reencontrá-lo, falei:

– Samu, diz logo o que tá acontecendo.
– É isso o que você quer saber, não é? Anda me mandando um monte de mensagens... Viu como é bom?
– Bom o quê?
– Ficar sem resposta.
– De novo essa história? Eu sempre te respondo, tem hora que tô estudando e não posso parar, só isso.
– E aí você esquece.
– Não, senhor.

Demos uns passos em silêncio. Deixei que ele falasse na hora que tivesse vontade. Eu já havia perguntado o que ele tinha mais de uma vez.

– Sofi, tô cansado.
– Por quê?
– Sei lá. Por tudo. Na semana passada tirei três em Matemática.
– O quê? Você é ótimo em Matemática!
– E zero em Português.
– Oi?
– Um e meio em História.
– Samu!

– Não fiz as provas direito e o trabalho de Português nem fiz, por isso o zero.
– Não tô entendendo nada.
Ele parou de caminhar e se virou de frente para mim:
– Eu cansei, Sofia.
– Você não pode ter cansado de estudar, que que é isso?
– Eu cansei da minha vida. Tá tudo uma porcaria. Minha mãe, meu pai, a...
Ele parou de repente. Esse "a" não tinha nada a ver com a Biazinha, lógico.
– Hum... A menina que você levou pra casa e sua mãe ficou P da vida.
– Eu levei um fora.
– Ai, Samu! – Eu ri, ele ficou uma fera. Mas juro que achei que ele estivesse brincando. Meu primo já tinha namorado, se apaixonado e desapaixonado várias vezes. Sério isso? Sofrendo por amor? De todo modo, achei melhor pedir desculpas.
– Tá desculpada.
– Quem é? – Eu quis saber.
– Não vou falar, nem vale a pena.
– Que graça, você! Começa e não termina?
– O problema maior não é esse. É aquele que te contei na sua casa, na noite do jantar. Minha mãe tá com esse negócio na cabeça, de que eu tenho que estudar Medicina, de preferência na sua classe pra ficar tudo em família, olha que bonitinho.
– Não me coloca nesse rolo, não! Vai falar agora que eu é que sou o problema da sua vida?
Ele fez um sinal de mais ou menos com uma das mãos. E riu.
Dei um empurrão nele:
– Gracinha.
– Mas é muita comparação, você tem que admitir! Minha mãe faz isso na sua frente.
– Bom... Nunca dei bola.

– Claro, não é com você!
– Samu, você me chamou pra caminhar enquanto briga comigo? Tchau!
– Dei as costas.
– Peraí! – Ele me segurou pelo braço. – Não é nada disso, desculpa. – Silêncio. – Tô chato pra caramba, né?
– Tá.
– Meus amigos já falaram.
– Eles têm razão.
– Posso continuar?
– Desde que não seja pra me zoar, pode.
– Eu ainda tô no segundo ano e meus pais agem como se o vestibular fosse no mês que vem.
– Na verdade, é. Você não vai prestar como treineiro?
– Esse é outro problema!
– Por quê?
– Eles fizeram minha inscrição sem ao menos me consultar!
– Porque é normal todo mundo fazer essa prova no segundo ano.
– Normal pra quem?
– Pra todo mundo que eu conheço, ora essa!
– Seu mundo é uma bolha, Sofia. O nosso mundo. Acho que você não tem noção.
– Agora eu vou embora mesmo! – Virei as costas de novo.
– Quer parar de ser criança?
– Criança? Você me tira de casa, nem sabe o que eu estava fazendo, fica com essa desculpinha de que quer andar, conversar um pouco e, no fundo, no fundo, quer é descontar sua raiva em mim. A frustração é sua, não minha!

Silêncio total. Acho que peguei pesado. Mas não ia me desculpar, não. Era a segunda vez que ele me insultava por uma coisa que não tinha nada a ver comigo.

Samu apenas disse:
– Tá. Vamos andar.

15

—Bom dia! — Minha mãe se curvou e me deu um beijo na testa. Ela já estava arrumada, bonita, e eu ainda de pijama, descabelada, do jeito que costumo tomar o café da manhã. — Dormiu bem?

Fiz que sim balançando a cabeça, enquanto mastigava uma fatia de pão. Ela se sentou na cadeira ao lado.

— Você chegou tarde ontem? — perguntei, casualmente. — Acho que dormi antes...

— Tive uma reunião com o pessoal do Conselho Regional de Medicina e depois saímos para jantar.

— Confraternização de fim de ano?

— Ainda não. Mas discutimos isso também, daqui a pouco já está aí. Falando nisso, precisamos resolver nossas férias.

— Vocês é que sabem.

— Tá difícil...

— Difícil, o quê?

— Escolher um lugar. Seu pai anda estressado, já falou que não quer sair do Brasil.

— Vamos pra praia?

— Qual praia?

— Qualquer uma.

Ela meneou a cabeça como quem diz "pode ser" ou "vamos ver".

— Fui dar uma volta com o Samu, ontem — falei. — Depois ele acabou jantando aqui.

— Seu pai me contou.

– Mãe, você sabe que o Samu não tá bem?
– Por quê?
– Porque a tia Manu anda azucrinando a vida dele. Ela e o tio Miguel.
– É?
– Fizeram a inscrição do Samu no vestibular sem ao menos perguntar se ele queria. Estão pegando no pé dele, querem porque querem que ele faça Medicina.

Pela cara que a minha mãe fez, vi logo que não parecia novidade.

– Ah, essa história é tão antiga...
– Mãe, é sério. O Samuel tá sofrendo.

Ela tomou um gole de café e perguntou:

– Ele não quer fazer Medicina?
– Ai, mãe! Se eu tô falando que ele tá sofrendo, você acha que é porque ele quer? Claro que não, né? Nunca quis, pelo que me disse. Isso é coisa da tia Manu e do tio Miguel.
– Não sabia desses detalhes...
– Pois é.
– Aqui em casa sempre foi tão natural, você é que escolheu ainda pequenininha...
– Quem disse?
– Como?
– Perguntei quem disse que fui eu que escolhi ser médica.
– Ah, Sofia! Só falta agora você me falar que fui eu!
– E não?
– Claro que não! Você brincava dizendo que ia ser médica desde... Acho que desde que aprendeu a falar.
– Não seria porque eu fui superestimulada?
– De jeito nenhum! Que ideia é essa agora?
– Não posso ter novas ideias?
– Sofia, você nunca gostou de quando as coisas saem do roteiro que você mesma planejou. Eu te conheço.
– Tá, mas quem sabe agora...
– Aconteceu alguma coisa que eu não estou sabendo?

Não respondi. Nesse meio-tempo, minha mãe tocou o celular, que lhe mostrou a hora.

— A gente continua essa conversa em outro momento. — Ela foi se levantando. — Eu preciso ir, senão vou me atrasar. Tenho paciente no primeiro horário.

— Espera! — Pus a mão em seu braço. — Só uma coisa.

— Filha, eu não posso me atrasar.

— Conversa com a tia Manu? O Samu vai acabar ficando doente.

— Ah, Sofia! Não gosto de me meter na família dos outros.

— Mas ela é sua irmã!

— Mesmo assim. Irmã é irmã. A gente vai até um ponto.

Desanimei. Nem daria tempo de convencê-la do contrário, pois já estava com um pé na porta:

— À noite a gente se fala melhor, está bem? Beijo.

Fui para a escola com a cabeça fervendo. E só pude falar com a Bruh quando nós duas descemos do carro, pois esse era o dia em que meu pai levava a gente. Nossos pais se revezavam na tarefa, e aquele era o dia do meu. Pensando bem, poderia ter falado na frente dele, sim. Quem sabe, eu não ouvisse a mesma resposta que a da minha mãe: "Irmã é irmã. A gente vai até um ponto". Não sei se ele diria "cunhada é cunhada" ou "parente é parente".

— Não sei por que minha tia foi enfiar na cabeça que o filho tem que ser médico.

— Ah, Sô! Não sabe mesmo? Sua mãe é médica, ela e o marido são dentistas...

— E meu pai é *personal trainer*, se for pra falar de todo mundo.

— Seu pai é exceção. Você mesma não diz que seus tios vivem se colocando como superiores a ele nos encontros de família, que rola um clima...?

— Às vezes, não sempre.

— E seu pai gosta desses "climas"? — Bruh dobrou os dedos, em aspas.

Lógico que ele não gostava. Lembrei o que tinha me falado após o evento das profissões do colégio. E também que, quando meus tios vinham com muitas abobrinhas, ele dava um jeito de fazer outra coisa. "Não tenho paciência para essas conversas preconceituosas."

– O Samu é diferente deles – eu disse.
– Seu primo é um cara legal. Legal, bonito, fofo.
– Hum... Que estranho você falando assim!
– Estranho, por quê? Só falei a verdade. Já pensou se a gente namorasse, prima?

Demos uma gargalhada. Que bom podermos rir no meio disso tudo.
– Não entra nessa, amiga, que o Samu tá apaixonado.
– Jura? Por quem?
– Vou lá saber? Ele não conta! Tá sofrendo por isso também, levou um fora.

Bruh ficou me olhando sem dizer nada, parecia que o assunto tinha interessado. Dei uma força:
– Bruh, até que eu gostei da ideia, sabia?
– Esquece. Estava brincando. Não tenho tempo pra isso, não. Preciso estudar pra passar de primeira no vestibular.

Nesse quesito, somos iguais, talvez seja esse o motivo de nos darmos tão bem. Não acho possível entrar em Medicina se não for estudando muito, por isso me enfio no quarto por horas. Só que, no caso da Bruh, ela já é muito inteligente. Uma garota que nunca precisou de calculadora na vida pra rachar a conta da lanchonete. Pensa.

Dei um suspiro e concordei com ela:
– Eu também...
– É a vida.
– Pois é.

Ficou um silêncio! Daqueles que a gente faz de tudo para preencher com alguma bobagem, mas não consegue. Às vezes, eu deixava escapar alguns sinais.
– Sofia! – ela falou alto meu nome.

Os sinais.
– Ai, ô! – dei uma bronca. – Tô do seu lado, não grita!
– E o Bê?

– Que é que tem o Bê?
– Vocês marcaram algum encontro?
– Não, né? Nada a ver marcar encontro. Sou como você, amiga, preciso estudar.
– Então tá. Mas, se rolar alguma coisa, você me conta?
– Não vai rolar nada. Mesmo porque eu ainda tô com vergonha daquele beijo bizarro, acho melhor a gente não se encontrar nunca mais!

O que aconteceu
depois daquele
beijo bizarro

ou

como foi que eu saí
do meio do mato
e consegui voltar
para o *resort*.

16

Meu pai, que é educador físico, fala que a escola não trabalhou direito comigo a orientação espacial. Sei lá se isso é verdade, de vez em quando ele resolve implicar com tudo no colégio, como aconteceu daquela vez em que conversamos sobre sua palestra e ele cogitou me mudar para outra escola. Não é a escola o problema. Ele é que não está num bom momento da vida.

Mas, retomando a questão do beijo bizarro e a da volta desnorteada para o *resort*, o fato é que esta última me serviu de gancho para a primeira.

Não dá para fingir que nada aconteceu. Não conheço ninguém – está certo que meu universo é pequeno – que tenha beijado uma pessoa e falado que foi sem querer, tipo pisar no pé e pedir desculpas.

No caminho até a área de relaxamento, e mesmo durante o nosso lanche, Bê e eu conversamos sem que nenhum de nós tocasse nesse assunto espinhoso. Eu me sentia salva, até esqueci de passar vergonha. Ele ainda fez questão de me levar até o prédio da Medicina, talvez tenha pensado que eu poderia passar mal no caminho. De qualquer forma, não esperei as meninas, como tínhamos combinado. Bruh mandou mensagem no grupo: "Sô, cadê você?", "Já almocei, tô na palestra, desculpa não ter esperado, foi corrido, ia mandar mensagem agorinha mesmo...".

Sou muito boa em redação, por isso não me preocupo, e acredito que nem vá me preocupar com ela no vestibular. Sei que escrever é o terror de boa parte dos estudantes, com seus pesadelos sobre o tema do ano, como elaborar uma boa dissertação, argumentar bem, ser claro, coerente... São muitos pesadelos.

Se sou boa em redação, naturalmente, sou boa em contar histórias. E, se eu tinha esquecido a vergonha do beijo, trocado ideias e conversado amenidades com meu novo amigo, isso tudo já tinha ficado para trás.

Aquela sensação de mal-estar, de intrusa – pois não era isso o que eu tinha sido? –, surgiu novamente enquanto caminhávamos até o prédio da Medicina. Veja só. Íamos chegar lá, falar tchau e fazer de conta que estava tudo bem? Fingida eu não era.

Respirei fundo e contei: um, dois, três.

E já:

– Bê, antes de a gente se despedir, preciso falar com você.

– Claro.

Creio que ele reparou na minha cara pegando fogo, pois perguntou se eu estava me sentindo mal outra vez.

– Tô, sim – respondi.

Bê arregalou os olhos de um jeito, coitado, na certa ficou com medo de que eu desmaiasse de novo. Não deu tempo de consertar, ele foi praticamente puxando meu braço:

– Vamos ali tomar água.

Fiz força contrária para ele entender que não se tratava disso:

– Bê, eu tô morrendo de vergonha pelo que eu fiz! Juro que não fico beijando a primeira pessoa que aparece na minha frente.

– Sofia, você já falou isso naquela hora.

– Mas você acreditou?

– Não era pra acreditar?

– Eu não acreditaria.

Ele riu.

– Ai, Sofia...

– É que eu ando ansiosa! Nem vou prestar vestibular neste ano, como você pensou, mas acertou quando disse que meu mal-estar devia ser ansiedade. E não consigo entender o porquê! Quando a minha vista ficou escura e eu te vi em cima de mim, quer dizer, seu rosto quase colado no meu, lembrei de quando passei mal numa viagem com a família a um *resort*, meu primo me deixou sozinha na mata escura, e isso me traumatizou profundamente!

Péssimo. Nada ligando a nada. Por que eu beijaria um estranho pelo fato de me sentir traumatizada?

Quando você escreve, há tempo para pensar e organizar as ideias. Não se faz uma redação de qualquer jeito, pois corre-se o risco de ficar igual a essa minha tentativa de explicação: incoerente, sem coesão, sem argumento, sem técnica nenhuma. Nota zero.

Pensa, Sofia, pensa.

– Acho melhor eu tomar água.

17

A água gelada foi refrescando a garganta e trazendo a sensação de frescor para o resto do corpo. Meus pensamentos foram se reorganizando, Bê me deixou sossegada, no meu tempo, o que significava que eu ainda não tinha dito mais nada e que ele também não havia feito nenhuma cobrança.

– Era noite e estávamos num *resort*. Meu primo me convidou para fazer uma trilha e acabou me deixando sozinha em certo momento, o motivo do trauma. Passei muito medo, cada barulho que escutava fazia com que eu entrasse em pânico. Não tinha ideia de como sair dali, não sabia a direção do *resort*, se tinha alguma vizinhança a quem pudesse recorrer, nada. Só o pânico aumentando e me consumindo. Meu primo me abandonou por causa de uma menina do nosso grupo. Sumiu com ela. Isso foi mais do que traição. Eu não tenho muita noção espacial, sabe? Eu tanto poderia estar indo pro caminho certo quanto me afastando dele, pois, no total desespero, fui pra cá e pra lá diversas vezes, como se andasse em círculos, e aí perdi a referência do lado de que eu tinha vindo. Parei de caminhar por um momento, aquela atitude não ia me ajudar em nada, nem me tirar dali. Parei e respirei. Respirei profundamente enquanto procurava pensar em flores, céu azul, mar. É o que eu faço em momentos de profundo estresse. Não tinha luz do *resort* que se enxergasse dali e pudesse me guiar. Então a única maneira era me arriscar. Liguei a lanterna do celular, respirei fundo outra vez e escolhi uma direção, a esmo. Para minha sorte, em dado momento, o céu começou a clarear, vi as estrelas ficando mais foscas, e isso era

sinal de que havia residências na redondeza. Melhor que residências: lá estava o *resort*! Eu não gosto de praticar esportes, fazer exercícios, mas aquela minha corrida foi simplesmente espetacular, se estivesse numa prova, eu ganharia. Avistei meu namorado na entrada do *resort*, por isso arranjei forças e corri ainda mais. Conforme me aproximava, ele também foi vindo ao meu encontro, pois sabia que, se eu estava correndo daquele jeito, era porque alguma coisa muito grave tinha acontecido comigo. Assim que ele chegou perto de mim, eu desmaiei. Você imagina? Estresse, exaustão, pânico. Foram segundos de apagão, acordei com ele colocando a mão por trás da minha nuca, igual você fez agora há pouco. E, quando abri os olhos, a primeira coisa que fiz foi agarrar o pescoço dele e beijá-lo com sofreguidão.
Silêncio.
Eu não sabia se falava ou aguardava a iniciativa dele.
Um, dois...
– Você teve a sensação de que eu era o seu namorado, que estava ali te apoiando depois de todo o trauma vivido na mata.
– Exatamente! A mais nítida sensação! Você compreendeu bem. – Que alívio!
– Puxa... Você passou por maus momentos...
– Péssimos! Foram as horas mais difíceis da minha vida!
– Horas?
– Mais de uma, que eu me lembre. Mas pra quem tá se sentindo ameaçada como eu estava, isso pode parecer dias! – Não se enrola, Sofia!
– Concordo – pausa. – Mas quando seu namorado souber que...
– Ele não vai saber. Nós terminamos um tempo depois.
– Sinto muito.
– Tá tudo bem.
Bê tirou o celular do bolso para checar as horas.
– Bom, eu tenho que ir.
– Claro! E não se preocupe comigo, não vou desmaiar de novo, já tô bem melhor. Me empresta seu celular. – Ele estendeu a mão, e eu digitei

meu número. – Me manda um oi, que eu te adiciono nos contatos. Se quiser falar comigo...

– Vou querer, sim.

Nós nos despedimos com um beijo no rosto, ele saiu, e eu finalmente fui para a palestra.

18

Samuel bateu o pé e disse que nem morto prestaria vestibular como treineiro. Uma coisa é certa: não dava para colocar meu primo no carro e levá-lo à força até o local da prova. Então ficou assim.

Aquele virou um assunto velado nas reuniões da família. Meu pai contou que meus tios acharam por bem não criticar a atitude do Samu, não falar nada, porque desse modo ele desistiria de fazer o contrário do que queriam.

– Como assim, pai? – perguntei, rindo. – Eles acham que é birra do Samu? Que ele é criança?

– Sô, seus tios não vivem neste planeta.

Gargalhamos os dois. Minha mãe chegou do consultório nesse momento e quis saber o que falávamos de tão divertido. Contei.

– A Manu acha isso mesmo... – ela disse. – Vamos deixar quieto esse assunto, está bem? Assim o Samuel para de falar que não quer fazer faculdade.

Deixei de rir.

– Ele não quer? Disso eu não tô sabendo.

– Inventou que vai fazer mochilão pela Europa. Fácil, né?

– Bom, ele me contou, mas...

– É por isso que a sua tia não quer tocar nesse assunto. Ano que vem ele muda de ideia e pronto.

– Será? – falou meu pai, e eu senti um tom provocativo na pergunta. – Acho que ele deveria guardar dinheiro e fazer exatamente isso.

– Diego, nem fale uma coisa dessas perto da minha irmã, hein? Vai gerar um terremoto na família!

– Carla, ando cansado desse seu jeito de sempre defender sua irmã.
– Eu? Claro que não! Só não quero confusão para o meu lado.
– Só você não enxerga que a sua irmã e o seu cunhado pressionam demais o Samuel.
– Sua cunhada e nosso cunhado, arruma essa frase. Eles também são sua família.
– E o Samuel é meu sobrinho. Estou pensando nele, que tem só 16 anos e pais que acham que podem escolher a profissão que ele vai seguir o resto da vida. E falo mais: ninguém aqui vai fazer isso com a Sofia!

Opa! Entrei na briga.

– Tchau! Vou estudar.
– Espera, Sofia! – chamou meu pai. Percebi que minha mãe ia abrir a boca para dizer algo, mas resolveu esperar pela fala dele. – Você é livre para decidir o próprio caminho.
– Eu sei, pai.
– Era só essa que me faltava! – Minha mãe ficou brava. – Então você acha que eu, alguma vez, falei que a Sofia não era?
– Eu não disse isso.
– Espera um pouco! – interrompi. – Eu sou livre, escolho o que quiser, mas parem de discutir por minha causa, tá bom?
– Nós estávamos falando do Samuel – disse minha mãe, olhos fixos no meu pai. – Por que você mudou para a Sofia?
– Eu só quero que ela não se sinta pressionada.
– Eu não estou pressionando.
– Pai, mãe, ninguém tá! Agora parem com isso, vamos falar do Samuel. Tia Manu não quer tocar nesse assunto de mochilão, vestibular, faculdade, então a gente não toca e acabou!

Não esperei ninguém concordar comigo. Larguei os dois na sala e fui para o meu quarto.

Nossa! Agora tudo era motivo para brigarem? Eu andava ficando muito louca da vida, porque vira e mexe era colocada no rolo.

Naquela noite, tive pesadelo. Não acordei gritando, mas num momento meus olhos estatelaram-se e fiquei tentando me lembrar do que teria me

85

acordado. Reconheci lá no fundo de um rio não tão cristalino algumas cenas: eu fazia prova, meus pais brigavam, Samu pegava um avião, eu pedia desculpas para alguém que me dizia que eu não tinha feito nada de errado. Caramba! Aquele buraco não apareceu para eu cair dentro dessa vez, tampouco as vozes roucas e repetitivas, mas mesmo assim não foi bom.

Acordei com um aperto no peito. Eu me sentia meio espremida, prensada, não sei. O que sei é que lá se foi meu sono desmanchado em nuvem, e agora eu me via ali, desesperada, porque tinha que dormir para acordar cedo no outro dia e, se não dormisse, não conseguiria assistir à aula direito e, se não assistisse à aula direito... Lá vai a Sofia para dentro desse círculo vicioso. Será que a minha vida era uma espiral sem fim?

19

Agora tá desse jeito. Brigam por qualquer coisa!
– Que tenso, amiga.
– Brigando por causa do Samu? – continuei com o desabafo. – Uma situação que não tem nada a ver com a nossa. Aff!
– Aí é que está!
Mari, Julie, Bruh e eu. Intervalo, dez da manhã.
– Está o quê, Mari? – perguntei.
– Eles estão brigando por sua causa, tipo uma queda de braço.
– Oi?
– Essa eu também não entendi.
– Nem eu.
– Sô, Bruh e Julie. Tá muito claro. Sua mãe morre de medo de que você desista de prestar Medicina, e seu pai quer exatamente o contrário, que você desista. O Samu é mero pretexto pra tocar nesse assunto, entenderam?
– Análise genial!
– Obrigada, Bruh.
– Peraí! – Fiquei um instante em silêncio. Aí, eu disse: – Bom, você pode ter uma parcela de razão.
– Parcela não, amiga. Total! Tô vendo isso aqui, ó. Na minha frente.
As meninas se entreolharam. Eu continuei:
– Outro dia, perguntei pra minha mãe se eu não tinha sido superestimulada pra seguir a mesma carreira que ela.
– Na mosca! – disse Mari. – Ela percebeu que você já sacou isso e agora tá com medo de que mude de ideia.

– Ah, não acho tudo isso, não... Mas vamos mudar de assunto? Não quero mais pensar nessa história, já chega o climão lá em casa!

Apesar do pedido, Julie ainda me fez uma pergunta:

– Você acha que eles vão se separar?

– Ai, que besteira! – respondi na mesma hora.

– Besteira, nada. Acontece.

– Na verdade, meu pai não tá bem – expliquei. – O fato de ter perdido alguns alunos mexeu com a cabeça dele. Não quer nem falar em férias, minha mãe já puxou o assunto na minha frente, e ele disse que não consegue resolver nada ainda. Vai conseguir quando? Enfim.

– A autoestima dele deu uma balançada.

– Pode ser, Bruh – concordei.

– Homens!

Olhei para Mari, a autora da frase, e lhe chamei a atenção:

– Olha como fala do meu pai!

– E não é homem? – ela respondeu, impassível. – Quantos não se abalam porque a mulher ganha mais? Machismo.

– Agora você tá passando dos limites! Meu pai não é machista!

Mari percebeu que eu tinha ficado realmente brava. Irada, melhor dizendo.

– Desculpa. Não tá mais aqui quem falou.

– Meninas – disse a Bruh. – Intervalo, relaxar, lembram?

Fiquei nervosa mesmo. Falar que meu pai é machista? Ah, tenha dó!

Enfim, passou. Tínhamos prova de Física e, se não me concentrasse, não conseguiria resolver nenhuma questão. Mas que chata! Lia as perguntas da folha, mas vinha na cabeça esta palavra: chata! Mil vezes chata! Que raiva da Mari!

O pai da Bruh veio nos buscar. Do banco da frente, minha amiga olhou para trás e deu uma risadinha para mim, gesto que interpretei como "tudo bem?". Me esforcei e fiz o mesmo: sorri.

Credo, eu estava precisando era nadar um pouco, água gelada da cabeça aos pés! Não. Tinha prova no dia seguinte. Só me restava passar a tarde estudando, como sempre.

Saí do quarto, numa certa hora, para fazer um lanche na cozinha. Abri a geladeira, fiquei olhando, indecisa, aquele calor. Não queria, mas ao mesmo tempo queria comer alguma coisa. Peguei uma laranja e cortei do jeito que meu pai tinha me ensinado quando era pequena. Segura a laranja em pé, Sofia, corta no meio, não solta, corta no meio de novo. Ela fica em quatro pedaços, e com isso você tira a casca com a mão, muito mais prático e ainda por cima não desperdiça as fibras, que estão nessa parte branca aqui.

Coloquei num pratinho a laranja partida. Estava voltando ao meu quarto, quando, através do vidro da sala, vi meu pai molhando as plantas com o regador. Fazia isso na parte coberta do jardim, ainda estava o maior solão onde tinha grama e outras plantas maiores.

– Pai!

Ele escutou e deu um tchauzinho. Mostrei meu prato:

– Quer laranja?

Ele fez um sinal de que não. Sentei no sofá, desisti de comer no quarto, como era meu costume, estudando e comendo ao mesmo tempo. Não sei quando estudar tinha virado um vício.

Meu pai entrou antes que eu levasse o pratinho de volta à cozinha. Mostrei-o vazio:

– Agora acabou.

Ele deu risada. E eu falei sério:

– Pai, por que você tá assim?

– Assim, como?

– Estressado.

– Ah, Sofia! Você sabe.

– Sim, dois alunos foram pra Austrália e te deixaram na mão.

– E agora chegam as férias, vai todo mundo viajar.

– Mas não foi sempre assim? Eles não viajam mesmo?

– Sim.

– Então por que tá tão preocupado? O que mudou? Não pode ser só por causa dos dois alunos que mudaram de país.

Ele olhou para mim, sem responder. Não parecia ter muito o que falar.

– O que tá acontecendo? – insisti.

– Não sei, minha filha. Acho que estou meio perdido.
– Pais não ficam perdidos, só os filhos. – Nós dois rimos.
Depois de um tempo, ele disse:
– Acho que algumas coisas começaram a me incomodar, é isso. Essa história do Samuel...
– E a de vocês? O que tá acontecendo de verdade? Não sou criança, eu entendo, pode se abrir comigo.

Nunca vi meu pai com os olhos marejados, acho que foi a primeira vez. Ele me olhou com tanta ternura, que os meus marejaram também. Eu o abracei e só, não cobrei mais nenhuma resposta.

20

Bê me mandou um oi. Perguntou se eu gostaria de conhecer o trabalho da ONG.

"Não dá, tenho que estudar. Semana de prova."

"Que pena. Vai ter uma ação no centro, às seis da tarde. O pessoal combinou de se encontrar uma hora antes, na estação da República, linha amarela."

No centro. Tá bom que a minha mãe me deixaria ir.

"Que tipo de ação?"

"Vou ajudar a entregar os *kits* de alimentos e produtos de higiene pras pessoas em situação de rua, na Sé."

"Não sabia que era voluntário."

"Não deu tempo de te contar essa parte da minha vida no dia do Open Campus."

Dei risada. Ele continuou:

"Às vezes, ajudo a montar os *kits* no galpão da ONG e não participo da distribuição; às vezes, acontece o contrário. Depende. Em julho entreguei os kits com cobertores e blusas de frio."

"Que legal!"

"Topa sair e bater um papo? Te conto mais."

"Hoje?"

"Não, hoje tem a ação, e você tem que estudar, não é isso?"

"Sim."

"Eu te chamo. Beijo e boa prova."

Fiquei meio balançada com esse convite inusitado. Ninguém te chama para distribuir *kits* com alimentos e produtos de higiene no centro de São Paulo num primeiro encontro. Fiquei curiosa. Tentada a ir. Mas não poderia mesmo.

No dia do Open Campus, Bê me contou que o trabalho de uma ONG tinha sido um dos motivos a inspirá-lo na escolha do seu curso. Só que, naquela hora, nem me ocorreu de perguntar o nome da ONG. Se tivesse perguntado, eu poderia vasculhar nas redes sociais para saber mais detalhes, pois aquela mensagem, apesar de curta, tinha conseguido me desconcentrar completamente. Fiquei com a tal ação na cabeça.

Prova, Sofia. Concentra.

Como vemos na figura, o que houve ali foi uma transformação química devido à ação do tempo. A corrente, composta do elemento químico ferro (Fe), teve sua substância transformada com a ferrugem, o $Fe(OH)_2$, também chamado de hidróxido de ferro II. Assim...

A química dos elementos e a química do nosso corpo. Fiquei pensando naquele beijo. Não contei para a Bruh, mas pensava nele quase todos os dias. E nem tinha sido um beijo tão espetacular assim, mas era só eu me lembrar, pronto! Frio na barriga.

Deixei o livro de lado e fui fuçar a internet.

Muitas ONGs trabalham com campanhas de doações de alimentos, produtos de limpeza, higiene pessoal, ajuda financeira... Como é que eu iria descobrir?

Entrei numa página, depois em outra, que me mandou para mais outra. Muitas referências nos colocam nesse abrir e fechar de páginas. Eu gosto de me perder descobrindo coisas.

Caí no documentário sobre o Cine Marrocos, que foi o cinema mais luxuoso da América Latina nos anos 1950. Era para os paulistanos ricos e engravatados. Curioso é que ele foi interditado em 1972 pelo Instituto Nacional do Cinema por não passar filmes nacionais, só europeus.

Então, depois de uma reforma, foi dividido em duas salas, uma para filmes estrangeiros e outra para os nacionais. Mas a partir daí veio a decadência, o cinema foi desativado, depois ocupado, desocupado.

No primeiro semestre, na aula de Sociologia, tínhamos estudado as ocupações no centro de São Paulo, e muita coisa ainda estava fresca na minha cabeça. "A vida provisória", como disse meu professor. Você sai para o trabalho, chega em sua casa, se alimenta e descansa. Quem está na ocupação nunca dorme tranquilo porque não sabe se terá casa no dia seguinte.

"Sofia", disse para mim mesma.

Sim. Voltei para o meu livro e tentei me concentrar. Desisti de saber o nome da ONG na qual o Bê era voluntário. Cheguei à óbvia conclusão de que desse jeito eu não descobriria nunca.

21

No sábado, por volta das nove e meia, meu primo veio me chamar para irmos à piscina. No caminho, mandei mensagem para a Bruh perguntando se não gostaria de ir com a gente. Ela disse que tinha compromisso com os pais. Pena.

Na hora do almoço, a família estaria reunida na casa dos meus tios para um churrasco. Nossos avós viriam nos visitar, matar a saudade. E não haveria nenhum desentendimento, porque aquele tal assunto era proibido e, sendo assim, vô e vó estariam completamente isentos das tretas das irmãs.

Nadamos sob o sol quente e o céu aberto, o que nem sempre acontecia em São Paulo, mesmo no mês de novembro. Parece que o tempo sempre resolve mudar justo no fim de semana, uma coisa.

Incrível como a água conseguia me relaxar. Tinha sido uma semana tensa e eu estava exausta, as provas sugaram o meu cérebro. Ninguém poderia dizer que eu era uma completa sedentária, apesar de meu primo insistir nisso o tempo todo. Eu gostava de nadar.

Meus pais não queriam que a gente tocasse no assunto proibido na frente dos meus tios, porém isso não impedia que eu conversasse com o próprio interessado em particular.

Estávamos à beira da piscina, sentados um de frente para o outro, as pernas dobradas e cruzadas em xis. Perguntei sobre o mochilão na Europa.

– Eu já não te falei, Sofi? Que eu vou?

– Falou, mas achei que não fosse sério.

– Mas é.

– E você tem dinheiro, por acaso?
– Não. Ainda não.
– E como é que você vai arrumar dinheiro pra passar um ano na Europa?
– Um ano ou mais...
– Nem brinca! Já tô estressada porque você não vai estar aqui quando eu prestar vestibular, e agora me diz que nem quando eu estiver no primeiro ano da faculdade?
– E pra que é que você precisa de mim?
– Eu sempre preciso de você. Como preciso das minhas amigas. Só preciso, entendeu?
– Ah, que linda! – Ele chegou perto de mim, achei que fosse me abraçar ou algo semelhante, mas o que ele fez foi me empurrar para dentro da água.

Quando pude respirar, abri a boca e disse:
– Seu filho da...
– Ô, ô! – Ele pulou na água ao meu lado e puxou minha perna para baixo, me afundando de novo. Esse era o amor de primo que eu tinha.

O churrasco aconteceu da melhor forma possível, sem estresses, avós elogiando a gente, netos lindos que só vendo, todo mundo batendo-papo ao redor da mesa, nem briga saiu porque a carne tinha sido assada demais ou de menos, nada. Perfeito. A Biazinha estava linda, cada dia mais fofa e exigente, às vezes insuportável. Como a gente consegue arranjar tantos adjetivos contraditórios para uma única pessoa? Ora, ora.

Quando estavam lá pelo café da tarde e a Bia finalmente tinha largado do nosso pé, Samu me convidou para ver um filme no quarto dele. Topei. Ficamos fuçando nos canais, escolhendo um, brigando por outro, nos desentendendo por muitos. Não estávamos sintonizados nesse dia.
– Procura nos premiados – sugeri.
– Vou colocar na seleção de terror.
– Não vou assistir terror, Samu. Vai tirando seu cavalinho da chuva.
– Tem medo de sonhar de noite? Fazer xixi na cama?
– Rá-rá-rá. Escolhe outro, senão vou embora.
Meu primo parou com a gracinha e perguntou:

– Você deixou de sonhar aquelas coisas?
Que ótimo que ele foi me lembrar disso.
– Parei. Agora, procura aí.
– Que bom – respondeu com sinceridade. Pelo menos, me pareceu.
Tive um *insight* no momento em que ele apontou o controle remoto para a TV e coloquei a mão em seu braço, forçando-o para baixo e tirando o aparelho da mira:
– Espera! Já sei o que quero ver – eu disse.
– Comédia romântica...
– Seu nariz. Dá aqui o controle. – Tomei da mão dele.
Samuel se esticou na cama, afofou o travesseiro como quem vai dormir. Ficou na preguiça, meio olhando, meio não olhando a tela, enquanto eu passava pelas seleções e pelos filmes.
– Achei!
Ele virou o rosto na direção da TV e franziu as sobrancelhas, como um míope que procura enxergar letras menores.
– Que filme é esse?
– É um documentário.
– Ah, Sofia!
Não dei chance:
– E não fala nada! Toda vez eu faço os seus gostos, agora você vai fazer o meu. E acabou.
Play.

22

Na semana seguinte, Bê me chamou de novo. Perguntou se eu estava mais tranquila, e eu lhe devolvi a pergunta: Em que sentido?

Sim, tudo bem com as provas, eu sabia que a tensão era pontual e, além disso, nunca tirava notas abaixo do que eu esperava. Sempre tive isso desde pequena, a certeza de que eu não me decepcionaria. Só não sei se tudo começou porque eu já esperava ou porque meus pais é que esperavam isso de mim.

A intenção de ser médica também veio nessa época, da qual não tenho muita memória, mas sempre levei numa boa o fato de não me lembrar direito das coisas. Ouvia uma zoação aqui, outra ali, da Bruh, principalmente. Não tenho lembrança das brincadeiras de casinha na calçada, mas me lembro das brincadeiras em que eu era a doutora Sofia e a senhora Carla e o senhor Diego, meus pacientes.

Não tive pressão, tive um desejo, o desejo de me tornar como a minha mãe, médica, linda, muito chique, consultório cheiroso e decorado com suculentas em vasinhos de cerâmica e alguns porta-retratos sobre a mesa. Na estante, ao fundo, eu, eu de novo, eu outra vez, fotografias de diversas épocas. E também um retrato deles, meus pais, abraçados e sorridentes, com a Torre Eiffel ao fundo. Perfeito. Exatamente tudo.

Que eu me lembre, meu pai também abraçou a ideia de eu me tornar médica. Nunca me disse que eu deveria estudar Educação Física e seguir sua profissão, por mais bem remunerado que ele fosse. Meu pai não tinha agenda disponível para atender mais pessoas, e todos os seus alunos tinham alto poder aquisitivo e lhe pagavam muito bem. Ele podia se dar ao luxo de recusar um faturamento maior, se achasse que isso viria a prejudicar a qualidade de suas aulas. "Não faço nada correndo, malfeito, escuto meu aluno para compreender sua dor e amenizar o impacto que ela tem em sua vida. Para isso, são horas de estudos e planejamento."

Minha mãe examinava meus ouvidos e minha garganta a cada vento gelado que eu tomava e ficava um pouco rouca – nenhum resfriado deveria ser normal para ela. Cuidava. E isso era fantástico. "Também vou ser alguém que cuida."

Eu reparava nos objetos da casa, nos penduricalhos trazidos de viagens, e reconstituía minha infância de momentos incríveis com os dois; mar, montanha, neve.

Este aqui foi de uma lojinha na Itália, que, de tão pequena, duvido que minha mãe entrasse nela se fosse aqui em São Paulo. Este de Londres, tão porcaria e brega, que não combinava com o estilo da casa, mas só depois ela notou isso, na chegada, e o deixou escondido atrás de outros objetos mais bonitos. Chaveiros? Tinha um monte numa caixa, dentro do armário da cozinha. Não havia tantas chaves em casa para uni-los a elas. Porcelana, um porta-joias minúsculo em que só caberia uma moeda. Mas era antigo e pintado à mão, trazido de uma feira de antiguidades na Argentina. Foi também de lá que veio um boneco de arame e papel machê, obra de uma artista de rua. Fiquei encantada com o trabalho e pedi para comprarem para mim. Está pendurado no teto do meu quarto e, agora, olhando para ele, me lembro da Argentina, da Inglaterra, da França, da Itália, de todo lugar em que estive no verão, no inverno, na primavera e no outono.

E, apesar de estarmos na primavera até o dia 21 de dezembro, é outono que eu sinto dentro de mim. Neste instante, meus pais acabam de me avisar que já decidiram o destino das férias.

23

Combinamos de nos encontrar numa hamburgueria perto da minha casa no fim da tarde. Tranquilo para mim. Pegava um transporte por aplicativo e em dez minutos estava lá. Costumava frequentar o lugar com minhas amigas às sextas-feiras ou aos sábados, à noite.

Bê e eu chegamos praticamente juntos. Vi quando desceu do carro; o que eu estava estacionou logo atrás. Nós nos cumprimentamos na entrada, em seguida escolhemos uma mesa e nos acomodamos. Pedimos nossos lanches, um suco de laranja para mim, e fomos falando das nossas semanas. Bê me perguntou se eu tinha ido bem nas provas e eu, sobre as suas aulas na faculdade.

Tomei um gole do suco e disse o que estava ansiosa para saber:
– Me conta como foi a ação.
– Ah, foi linda! Muita coisa pra contar.
Tirei o canudinho da boca:
– Você gosta mais de ajudar na retaguarda ou *in loco*?
– Das duas coisas. Eu gosto de arrumar os *kits*. Cada item separado, dobrado e colocado na caixa traz uma sensação muito boa, de amor mesmo, de saber que aquilo vai ser um presente pra quem recebe, muitas vezes o único.

Balancei a cabeça para a frente, concordando. Ele continuou:
– E na rua, bom, não se faz um trabalho só com doações de objetos, comida... Você vai junto, entende? Porque tem as conversas também, por isso eu disse que é amor.
– Que lindo, Bê... Dá pra sentir que tem muito amor pelo que faz.

Acho que não é todo mundo que consegue, é uma situação difícil, que impacta.

– A vida na rua é impactante quando é vista. E o caso é que ela não é vista. O choque é a reviravolta que o país precisa. Tem que chocar, tem que indignar, porque aquela pessoa que a gente vê não deveria estar ali, o Estado se omitiu, não lhe deu o direito de ter moradia, comida, saúde, educação, e esse direito ela tem.

Fiquei um momento calada e em seguida lhe contei:
– Assisti ao *Cine Marrocos*.

Bê arqueou as sobrancelhas, surpreso, e sorriu, como se minha fala nos conectasse em alguma instância.
– Também já assisti – falou. – Esse documentário ganhou vários prêmios.
– Eu sei. Estava procurando o nome da sua ONG, porque esqueci de te perguntar. Fui passando por várias delas, cheguei nas ocupações e por fim ao *Cine Marrocos*. Tenho esse jeito de me perder na internet quando pesquiso.
– Sentimento do Mundo.
– Ahn?
– O nome da ONG.
– Ah... Inspirado no Drummond?

Ele respondeu com um elogio:
– Imagine se alguém fera como você não ia de cara associar o nome da ONG com o poema do Drummond.
– "Tenho apenas duas mãos e o sentimento do mundo." Foi atraído pelo nome? – brinquei.
– Quem sabe...?
– Eu seria facilmente seduzida por uma ONG que se chamasse Sentimento do Mundo.
– Jura?
– Tô brincando. Não tenho tempo pra nada nesta minha vida louca.
– E o que achou do documentário?
– Artisticamente falando, achei genial a ideia do diretor, do engajamento dos moradores da ocupação com o cinema e o teatro. Mas o documentário

nos leva além, claro, e mexeu muito comigo quando vi as pessoas performando, contando como foram parar lá, sobre a vida que tiveram antes. Amei.
— Já participei de um sarau numa delas.
— Dentro da ocupação?
— Sim. Era um trabalho da faculdade da minha irmã.
— A arquiteta.
— Isso. O trabalho era sobre a ocupação, mas coincidiu que teria um sarau no final da tarde. Ouvi minha irmã combinando com os amigos e me convidei, achei que seria legal. Como de fato foi.
— Imagino como deve ter sido importante pra ela. Por causa das construções antigas, quero dizer.
— Essa é outra questão, a da preservação dos prédios históricos do centro, muitos deles vazios. A gente sabe dos interesses do mercado, o imóvel funciona como garantia, favorece empréstimos, valoriza o perfil da empresa, enfim, é um problema antigo.
— Muitos espaços construídos só estão servindo como garantia e não para serem usados.

Percebi que Bê ficou admirado com a minha colocação. Antes que me perguntasse como é que eu sabia disso, me antecipei:
— Gosto de fuçar na internet, lembra? Eu pesquisei. Essa é a fala de uma arquiteta urbanista. Sensacional o modo como ela trata essa questão, faz a gente pensar um bocado. Mas não li nada a respeito de sarau. Lá dentro, no meio dos moradores?
— Sim e não. Não nos apartamentos deles, se é isso o que quer saber. Foi num dos andares, numa sala arrumada pra receber o pessoal. Colocaram banquinhos, tapetes, tinha gente em pé, no chão. E, sim, os moradores estavam lá, tocaram violão, declamaram poesia de protesto, cantaram *rap*. *Show*.
— Nossa...
— Experiência incrível.
— Me leva?
— Ah, não sei se o sarau continua... Faz tempo isso. Preciso perguntar se...
— Não. Me leva no centro. No centro da cidade. Nunca fui.

24

Meu condomínio de classe média alta contrasta com uma das maiores comunidades de São Paulo, e não é muito distante uma coisa da outra. Mas ninguém de lá frequenta a hamburgueria que eu frequento. E nem sempre eles podem comer sossegados um simples lanche porque constantemente há quem os vigie. Uma vigilância para que nós, do outro lado, possamos comer nossos lanches na paz.

Quem dá segurança a eles? Que direitos têm de se divertir, de estudar como eu estudo, numa casa grande, com mais quartos do que pessoas morando nela, salas amplas com janelas envidraçadas mostrando o jardim e a rua tranquila, sem grades ou muros altos que os separe. Uma rua na qual se pode andar sem medo porque obviamente você está seguro, não é necessário ter portões cerrando as casas, posso dormir no jardim, se eu quiser, que vou acordar do mesmo jeito, com o sol batendo na cara, o mesmo ar e cheiro perfumado das flores ou da grama aparada e de quebra olhando o vizinho, cujo nome eu não lembro porque sou distraída, mas que sempre cumprimento por educação. Espaço. Teto. Um teto é o mínimo que se pode querer.

– Você nunca foi ao centro de São Paulo?
– Nunca.
– Não acredito... Você disse que nasceu aqui.
– E nasci. A minha cidade é o meu bairro. Entendeu?
– E o que você quer fazer lá, exatamente? Ver os prédios históricos, exposição, ver a cidade do alto...? Conheço lugares com cada vista!
– Quero caminhar, não sei ao certo. Já fui ao Masp, à Pinacoteca, ao Museu da Língua Portuguesa...

– Ah, bom! Do jeito que falou, pensei que não conhecesse lugar nenhum.
– Estive nesses lugares, visitei as exposições, as obras nas galerias. Não andei pelas ruas, fui de casa para o museu, do museu para casa. As coisas na minha vida foram fluindo dessa forma, apenas isso.

Quando nossos lanches chegaram, paramos de conversar. Muito diferente de quando estou com minhas amigas e a gente mastiga e fala ao mesmo tempo.

Numa certa hora, Bê me chamou:
– Sofia...
– Oi?
– Você tá tão calada...
– Ah... Pensando em quando é que a gente vai ao centro. Como tá sua agenda?
– Xi, final de ano... – Bê meneou a cabeça, e eu entendi. Puxada. A minha também estava. – Que tal quando terminarem as aulas? – ele sugeriu.
– Bom, as minhas ainda vão demorar. E depois vou viajar, passar o Natal e o Ano-Novo fora. Mas, Bê, não esquenta a cabeça. Sem combinar. Vamos fazer o que a gente tem que fazer e, quando der uma brecha nas nossas agendas, nos falamos. Não tem pressa. Também tô com uns problemas em casa, talvez seja melhor eu esperar tudo ficar mais tranquilo. – Fiz uma pausa. – E você? Vai viajar?
– Acho que sim. Com uns amigos, estamos vendo. Mas só em janeiro, lá pra metade do mês.
– Ah, jura?
– Por quê?
– Por nada. – Não queria fazer cara de decepção, mas acabei fazendo. Bê continuou:
– Em todo caso, se não der certo em janeiro, vamos no Carnaval. Você costuma viajar no Carnaval?
– Depende. Meu pai não gosta muito de pegar estrada em feriados, mas os alunos dele sempre viajam, então é um período em que ele fica de boa. Minha mãe também. Eu, idem. Aí, vamos.

– Passar o Carnaval em São Paulo também é bom.
– Gosta?
– Sim, é divertido. Vem comigo qualquer dia – Bê convidou.
– Se você não for viajar.
– Isso – ele disse. – Se eu não for.
– Então tá. Mais um plano pra gente combinar – falei, meio que rindo.
– Mas ficamos sem combinar nada, esqueceu?
Não esqueci. Mas acho que era a primeira vez que eu deixava rolar.

25

Praia. Ubatuba, litoral norte do estado de São Paulo. Era para lá que meu pai queria ir, onde passava as férias na infância e na adolescência. Se não fosse assim, nada feito, ficaria em São Paulo mesmo, que fôssemos eu e minha mãe com tios e primos, porque é claro que a família do Samuel também iria.

Minha mãe não fez nenhuma objeção. Meu pai estava azedo. Quando começasse o ano e os alunos voltassem das viagens de férias, o humor dele deveria melhorar – era o que ela pensava.

Alugaram uma imensa "casa pé na areia", como se anuncia em qualquer *site* de aluguéis para temporada. E era muito mais do que precisariam quatro adultos, dois adolescentes e uma bebê para passarem dez dias confortavelmente. Minha tia considerou a hipótese de levar uma cozinheira, e meu pai quase teve um colapso nervoso. Arrume outra casa pra você, então. Porque nessa não vai ninguém além de nós sete.

Era a primeira vez que meu pai levantava a voz para a cunhada, sempre tinha sido paciente com as afetações momentâneas da tia Manu. Incrível como Samuel era diferente, até mesmo a minha mãe. Eu conseguia encontrar diferenças entre as duas em vários aspectos. Como dizia meu pai, tinha hora que tia Manu parecia não viver neste planeta.

Não tenho muito a dizer sobre tio Miguel, a não ser que ele concordava com tudo o que ela falava. Era amor para cá, não é verdade, amor?, para lá. Acho que era isso o que cansava meu pai, o fato de ter que conviver com pessoas apenas pelo parentesco, que não tinham nada em comum com ele.

Mas tinha o Samuel, esse menino que a gente amava. Que até um tempo atrás era a pessoa mais alegre que eu conhecia. Claro que esse espírito de azucrinar minha vida, tirar sarro e me meter em roubadas sempre foi dele, desde que eu nasci. Ele me deixava perdida no mato, me afogava na piscina, me mandava mentir para minha tia quando o bicho pegava. E a Biazinha era essa pequena que a gente ainda não imaginava como seria. Se dentista, ocupando o consultório cuja vaga estaria destinada ao Samuel, ou médica, dividindo sala no consultório da minha mãe.

A casa de Ubatuba tinha cinco suítes. Meus pais ficariam com uma, meus tios e a Biazinha com outra, a terceira para mim, a quarta para Samuel. Sobrava uma. Poderia ser o quarto da empregada, minha tia ainda insistiu, e eu escutei quando meu pai lhe respondeu de um jeito que é melhor nem comentar. Claro que isso provocou a ira da minha mãe, que pediu mil desculpas à tia Manu.

– Nesse estresse não dá pra ir!

– Calma, Manu, o mar tranquiliza, vai ficar tudo bem.

"Vai ficar tudo bem" era a minha mãe pondo panos quentes. Tia Manu saiu de casa pisando duro e dizendo que ia pensar.

– Se eu desistir, vocês arrumam outro casal.

Ninguém desistiu e ninguém arrumou nada. Arrumamos, sim, as malas, e não foi da mesma maneira de sempre.

Eu não entendia direito o que se passava com meu pai, pensava se Julie não teria razão, se ele e minha mãe iriam mesmo se separar. Ninguém se separa às vésperas do Natal, ninguém quer, deliberadamente, estragar o Natal dos outros.

A casa alugada era uma delícia. Entre a praia e a propriedade, cujo dono eu não faço ideia de quem seja, só havia uma cerquinha de madeira. Muitas árvores sombreavam o nosso quintal, uma sombra maravilhosa e por isso sempre disputada no espaço de areia rente à nossa casa.

Nossa casa que não era nossa, mas tia Manu se comportava como se fosse. Como se a vida inteira tivesse tido um lugar assim pé na areia para se deleitar. Que bastava pegar sua bolsa e dizer Tchau, vou para a casa da praia, não sei quando volto.

Os turistas se esgueiravam do sol próximos à cerquinha da propriedade como as pessoas sem moradia buscavam proteção sob marquises de lojas, igrejas, pontes. Quando podiam. Quando obstáculos perfurantes não eram colocados para que não enfeiassem fachadas nem sujassem o território com sua pobreza absoluta.

Meu pai andava se esquivando de ficar em pequenos grupos. Sim, nosso grupo já era pequeno, mas ele apenas se deixava ficar quando estávamos nós sete juntos. Só com os adultos era mais difícil.

Um dia foi correr na praia. No dia seguinte, Samuel foi junto. Acordaram cedo, ao amanhecer. Samu chegou com fotos no celular e enfiou na minha cara, como se desse para enxergar qualquer coisa daquele jeito.

– Olha só o que você perdeu, sua boba!

Bati a mão no braço dele e peguei o celular para ver direito. Dei uma esnobada:

– Estava melhor dormindo, agora você taí, morto!

– Morto nada. Vou tomar um banho e vou pra praia. Esteja pronta!

Samuel me irritava. Vivia querendo mandar em mim, na minha diversão. Perguntou se eu tinha trazido aqueles livros de Medicina, disse que jogaria todos eles no mar. Queria só ver como é que eu faria para ler livro molhado. Não trouxe, eu disse. Milagre, disse ele.

Compraram peixe, e tio Miguel fez um assado especial de que gostava e que acompanhava frutos do mar. Minha mãe colheu umas helicônias no jardim da casa e colocou numa jarra transparente que achou no armário da cozinha. Uma toalha bonita. A mata atlântica e todas as mutucas possíveis, porque nem uma casa chique como essa haveria de ficar imune.

Todo santo dia, eu pegava minha cadeira e ia para a praia. Samuel corria com meu pai cedinho, tomava uma ducha e ia me encontrar. Meu pai se demorava tomando banho, respondendo a mensagens no celular, arrumando alguma coisa na casa. Voltei para pegar um refrigerante e lá estava ele, varrendo a sala. Está cheio de areia isso aqui. Pai, depois a gente limpa. Vem!

Na marra, ele foi. Até esqueci o refrigerante, puxei meu pai para ele não inventar outra desculpa e fiz igual ao Samu: fiquei na porta do quarto até que ele saísse de sunga. Chegamos à areia, debaixo da tenda que tio Miguel havia montado, e minha mãe falou:

– Ah! Achei que não viesse!

Não deixei meu pai responder e o arrastei na direção do mar.

– Espera! – ele reclamou. – Meu chinelo!

Mas foi correndo para me acompanhar, largando o calçado no meio do caminho. Eu rindo, ele também, sentindo a água correr por cima dos pés, tornozelos e joelhos, até finalmente cairmos de vez com as mãos grudadas, as nossas vidas, eu sentia assim.

Dias de glória.

Histórias, nossas histórias, dias de luta, dias de glória. Disse tudo, Chorão. Valeu.

26

Faço aniversário na metade de janeiro. Às vezes, por causa das férias, passo meu dia viajando, o que não ocorreu neste ano. Fiz a comemoração em casa, com amigos próximos. Bê não foi viajar, como o planejado, e eu o convidei para vir também.

– Pai, mãe, este é o Bê, meu amigo.

Cumprimentaram-se, e minha mãe só foi me perguntar de onde eu o conhecia, já que nunca tinha visto nem ouvido falar dele, depois que a festa terminou.

Contei que tinha conhecido Bê no Open Campus e que ele estudava Ciências Sociais. Falei que tínhamos nos encontrado por acaso, ficado amigos e nos falávamos por mensagens desde então. Contei também que tínhamos saído para comer um lanche uma vez. Bem resumido.

– Está gostando dele?

– Não, é só meu amigo.

– Conta a verdade, Sô! – Minha mãe sorriu maliciosamente, e nessa hora encontrei leveza em seu olhar. Ela não estava preocupada com nada, só queria mesmo bater um papo descompromissado a respeito desse menino que eu trazia para dentro de casa. Queria ser íntima.

Falei que eu não estava muito certa do que sentia. Me apaixonar nunca esteve nos meus planos, não nos planos de alguém que deve estar focada em passar em Medicina. Na sequência, perguntei se ela namorava meu pai enquanto se preparava para o vestibular. Minha mãe não gostou da desviada de assunto – eu sabia que tinham se conhecido depois disso, mas queria um pretexto para falar deles. Não deu certo. Ela me deu uma resposta genérica: conheci seu pai quando isso, resolvemos casar depois daquilo, fomos para os Estados Unidos estudar, quando voltamos, montamos consultório, estúdio, você nasceu, compramos esta casa, depois o apartamento e assim estamos.

– Com a sua irmã seguindo os seus passos – completei.

Comecei a enxergar tia Manu como alguém sempre competindo com a minha mãe. Meu pai tinha essa tese, mas nunca dei muita bola ou achava isso nocivo, que é que tem de mais? Sempre há competição entre irmãos.

Não sou *expert* nesse assunto, nem meu primo, que só agora tem a Bia na vida dele. Mas minha amiga Bruh tem um irmão mais novo; Julie, idem; e Mari, duas mais velhas. Ela é a pessoa que não deixa ninguém opinar em sua vida. Diz que, se bobear, tem três mães dizendo o que ela deve ou não deve fazer.

Os irmãos do meu pai não moram em São Paulo, eu quase não tenho contato com eles, nem com meus outros avós. Nós é que vamos para lá, porém raramente, fim de semana, no máximo. Ficamos em hotel, minha mãe nunca gostou de se hospedar na casa de ninguém.

Meu pai veio do interior para estudar e acabou fincando raiz, coisa comum na vida de muita gente que se arrisca a morar aqui. Sempre é um risco. Pode dar certo, pode não dar. O meio do caminho é que vai dizer.

Os amigos do interior não são mais os amigos de hoje, suas amizades giram em torno das pessoas da faculdade, colegas de profissão, alunos e certos moradores do condomínio. Sua antiga vida ficou distante. E, quando ele fez questão de ir para Ubatuba, talvez agora eu compreenda melhor, deve ter sido uma espécie de resgate da vida que era e que não é mais, um tipo de comparação. Assim como fiz quando fui olhar as lembrancinhas de viagens espalhadas pela casa. Você quer achar um momento bom lá no fundo da memória.

27

Finalmente, conseguimos marcar uma tarde para irmos juntos ao centro da cidade. Chamei um motorista pelo aplicativo e falei para me deixar na Estação São Paulo-Morumbi. Era lá que Bê me encontraria para seguirmos juntos até a República e de lá fazer a baldeação para o Anhangabaú.

Quando eu era pequena, pedi aos meus pais que me levassem para passear de metrô, e o que me disseram foi que eu já tinha viajado em tanto trem pela Europa que não precisava, era a mesma coisa. Meu pai disse, minha mãe assinou embaixo. Mas eu queria porque queria, e então nós fomos. Não saímos da linha amarela.

Bê tirou um dos fones do ouvido e me deu. Estávamos sentados lado a lado, tinha sido fácil encontrar lugar.

– Ouve essa música.

Coloquei o fone e, após uns segundos, disse:

– Conheço. É linda.

– Emblemática.

Fiz que sim com a cabeça. Continuamos a dividir o fone, ouvimos outras músicas da *playlist* do Bê, que de vez em quando me perguntava: E dessa, gosta?

– Dessa, não.

– Ah, você não tem bom gosto!

– Eu?! Essa música é péssima, olha a letra, nada a ver com nada!

– Desculpaí, esqueci que você é *expert* em poesia.

Tonto.

Fomos comentando as músicas durante as oito estações que antecediam a da República. Às vezes, eu as ouvia sem muita atenção, ficava de olho no abrir e fechar de portas e, como no livro que fiz questão de reler por esses dias, ia tentando adivinhar quem eram essas pessoas que entravam e saíam e quais as suas histórias de vida.

Descemos na estação da República, e eu não fazia ideia de qual sentido deveríamos tomar. Segue o fluxo, Sofia! Sim, segui. Segui o Bê, na verdade, porque não queria me perder.

A linha vermelha não era tão sossegada quanto a amarela nem os trens eram tão bonitos. E gente havia bastante, bem mais. Aposto que, se estivesse com Samu, ele me deixaria na mão, e de propósito. Bem capaz que se enfiasse no meio das pessoas, sumisse e depois aparecesse na maior cara de pau pedindo desculpas, alegando brincadeira. Típico.

Esse era um ano decisivo na vida do meu primo. Terceirão. Já colocavam o nome no aumentativo para dar um grau a mais de importância. É primeiro, segundo e pula para terceirão. Dá medo.

Meu primo parecia mais de boa agora. Acho que meus tios cumpriram o combinado de não tocar no assunto de vestibular para Medicina, porque isso era uma coisa que ele não faria mesmo. Tira seu cavalo da chuva, tia Manu. Conheço o Samuel desde que nasci. Se ele fala não, é não. Também não via meu primo dentista, ainda por cima trabalhando no consultório dos meus tios. Só eles para acharem que Samu combinava com jaleco e consultório.

Mas eu pensava que, no retorno das aulas, quando estivéssemos no meio da loucura de textos para ler, provas para estudar, redações para redigir, o ano se encaixaria melhor na vida de todo mundo e as coisas acabariam fluindo, de toda forma. Talvez fosse até mais simples do que imaginávamos.

Já no primeiro mês, eu conheceria uma menina vinda de outro colégio e faria uma nova amizade. Não sei por que alguém resolve mudar de escola no meio do Ensino Médio, no caso, no segundo ano, e recomeçar tudo, novos professores, relacionamentos, isso dá muita preguiça. Aí, eu ficaria sabendo que seus pais quiseram que ela fosse para uma escola melhor, pois a dela não estava dando o suporte necessário para que passasse no vestibular. Para qual curso? E ela me responderia numa frase simples, mas só depois de ter me dito que, na verdade, no fundo do seu coração – com tal ênfase mesmo –, gostaria de ser escritora, entretanto iria cursar Direito. Mas, se queria ser escritora... Meus pais são advogados, pagaram a minha escola a vida inteira, e eu devo isso a eles.

Da Estação Anhangabaú, pegamos a saída da Rua Xavier de Toledo e fomos para o lugar principal do nosso roteiro. Era onde tinha acontecido o sarau que Bê e sua irmã tinham ido assistir alguns anos antes. A Ocupação São João.

28

Sentia que um pedaço da minha vida ia ficando para trás. Uma São Paulo há 16 anos desconhecida.

Um imigrante chega à capital pela primeira vez, olha o trânsito congestionado, os prédios empinhocados, buzinas de carros e motocicletas e se assusta com sua futura vida na cidade grande.

Lembrei da música "Clandestino", do Manu Chao, quando ele fala de alguém perdido no coração da grande babilônia, um clandestino por não ter documento. Foi como me senti na cidade, que parecia não me pertencer; nem eu a ela, pelo menos essa que eu via agora.

São Paulo é bonita e hostil. Não hostil para mim; eu poderia me esconder das discrepâncias sociais dentro da minha casa envidraçada com vista para o jardim. Não para minha mãe, que atendia em seu consultório cheiroso, nao para meu pai, que trabalhava com alunos endinheirados, nem para Samu, destroçado por um amor não correspondido e no dilema de ter de enfrentar os pais por sua independência de ideias.

Impossível seguir pelas ruas sem notar as barracas, que mais pareciam iglus. Barracas eu via na praia, enormes, aliás, nem poderiam ser chamadas assim: mais pareciam tendas, que abrigavam famílias inteiras e ocupavam cada vez mais o espaço público. E dane-se quem não chegou mais cedo.

Bê e eu conversávamos em frente ao edifício que um dia foi o Hotel Columbia Palace, um prédio não tão alto, mas que puxava o nosso olhar para cima. Na construção bonita e antiga, ainda com as características de sua época, uma faixa descia do alto de uma das janelas: Frente de Luta pela Moradia.

Muitas pessoas sem ter onde morar e muitas propriedades vazias e sem função social, ele me dizia, enquanto também contava sobre as famílias que procuravam a organização na esperança de abrigo. A falta de moradia mina as oportunidades para alguém que não tem endereço. Sem emprego e renda, não é possível conseguir recursos para a aquisição da casa própria.

– Ocupar não é o mesmo que invadir – Bê explicou. – No primeiro caso, se luta pelo direito à moradia; no segundo, se tira algo que é de alguém. E esses são espaços abandonados há décadas, tomados pelo poder público por conta de dívidas milionárias que o proprietário do imóvel deixou de pagar em impostos, os quais deveriam retornar à coletividade em forma de moradia, um direito de todo cidadão. Um teto. A situação dos desabrigados muda muito conforme o olhar de quem vê. A pessoa em situação de rua tanto pode ser considerada o produto brutal de uma desigualdade social quanto um dano ao patrimônio histórico da cidade. Na verdade, Sofia, o poder público acaba se valendo dos discursos de deterioração do centro, de violência, perigo e medo, para transformar a área central com o apoio do poder privado e assim atrair as classes com maior poder aquisitivo, que se afastaram do centro no decorrer dos anos. É criada uma relação entre insegurança e a presença dos pobres, entende?

Balancei a cabeça para a frente, devagar, digerindo as informações. Lembrei do sarau ocorrido ali, por isso desviei os olhos do prédio e me virei para ele:

– Me fala do sarau. Como foi?

– Nessa época, eu nem pensava em faculdade, mas ter participado desse evento foi fundamental pra mim.

– Tinha muita gente?

– Umas 50 pessoas, entre a sala e o corredor do lado. Nas paredes havia estênceis, grafites e também uma exposição de fotos dos moradores. Adultos e crianças leram poesias dos livros de escritores das periferias, e pessoas de outros saraus e movimentos sociais também participaram. Não era só uma apresentação artística, também tinha o intuito de

arrecadar alimentos para a ocupação por meio de doação e obter apoio das pessoas à causa da moradia.
– Acho que consigo entender a importância desse dia pras suas escolhas.
– Eu tinha 13 anos.
– Só isso? Nunca me imaginei fazendo nada parecido aos 13 anos.
– Questão de oportunidade, apenas. Se não fosse pela minha irmã, eu não teria vivenciado essa experiência.
– Pode ser...
– Os moradores tinham um grito de guerra, que ouvimos até hoje nas manifestações: "Quem não luta tá morto!".
– Que frase forte!
– E muito significativa. Os moradores das ocupações pertencem a uma classe de baixa renda, são trabalhadores formais ou informais, muitos chegaram de outros estados com a expectativa de trabalhar e melhorar sua qualidade de vida. Mas, como nem tudo acontece como o planejado, já que muitas vezes ocorre a reintegração de posse, os moradores são desalojados do prédio. São obrigados a partir em busca de outro lugar, talvez outra ocupação, se arriscando a viver debaixo de uma construção antiga, sem que ela esteja em perfeitas condições para servir de moradia. É toda uma vida de riscos, se a gente for ver, de insegurança e de exclusão territorial. São os retirantes urbanos.
– Como o retirante nordestino de outras décadas? Tem lógica o nome.
– Imagina. Encontrar um lugar pra morar, pagar aluguel, água, luz, comprar comida... Sem falar no transporte público. Muitos trabalham no centro da cidade, vários comércios funcionam à noite...
– Complicado.
– Com um salário baixo, impossível. Você sabia que muitas mulheres têm posição de liderança nos movimentos de ocupação?
– Na verdade, eu imagino. A mulher que luta, cuida dos filhos...
– Tem outro documentário que mostra bem essa situação.
– Qual?
– *Era o Hotel Cambridge*. Uma das líderes do movimento trabalha no filme fazendo o papel dela mesma.

– Que máximo! Quero assistir!

– Vai adorar.

Bê e eu retomamos a caminhada contando os passos, "perdidos no coração da grande babilônia".

A Avenida São João ficou para trás, atravessamos o Vale do Anhangabaú e encontramos aquele belo edifício cor-de-rosa, o qual eu queria muito visitar.

29

Edifício Martinelli, o primeiro arranha-céu de São Paulo. Em toda mídia que procurar, você vai ler a mesma descrição. O prédio tem 30 andares, 130 metros de altura, foi arquitetado pelo proprietário, o italiano Giuseppe Martinelli, e inaugurado em 1929.

Visitar esse prédio era uma coisa que eu queria muito, já tinha falado isso para o Bê quando ainda combinávamos o trajeto. Ficava tão perto da Avenida São João que não poderia perder a oportunidade. Mas por que você tanto quer ir até lá?, ele me perguntou. E eu respondi: porque sou fã do Marcos Rey. Ele não entendeu nada.

Marcos Rey foi um autor que escreveu um livro chamado *O último mamífero do Martinelli*. Li há alguns anos e reli agora por conta desse passeio. Era um dos livros que meu pai guardava com especial cuidado na estante dele – claro, também era fã desse autor. Mexendo um dia nas prateleiras, fiquei intrigada ao ler o título e fui perguntar a meu pai se o livro era bom. "Adoro, Sofia! Baita escritor da São Paulo dos anos 1950, 1960, eu que nem era nascido ainda e só vim pra cá nos anos 1990... Qualquer hora, te levo lá para visitar."

Acho que me esqueci do prédio e da história do livro, porque não me lembro de ter pedido ao meu pai que fizéssemos um *tour* pelo Martinelli, onde o solitário personagem do Marcos Rey se refugiou enquanto não vinha a reforma daquele local que estava abandonado havia anos.

De tudo, o real é que entre as décadas de 1960 e 1970, época da decadência do edifício, ele foi invadido e serviu para pequenos comércios, ponto de venda de drogas, contrabando e por aí vai. Isso até aquelas pessoas serem retiradas de lá pela prefeitura, o prédio ser reformado e entregue à população, em 1975.

No livro, o personagem é procurado pela polícia e faz do local seu esconderijo. Vai morando lá, procurando alguma porta aberta, encontrando objetos que lhe rendiam algum dinheiro para a sobrevivência. O passatempo dele era relacionar os objetos aos possíveis antigos moradores, tentando adivinhar quem seriam, suas histórias, o que acabava por amenizar seus dias de solidão.

Agora foi minha vez de contar a história do prédio para Bê, que me confessou não conhecer esses detalhes nem o livro. Enquanto caminhávamos pelo terraço, entre admirar a construção do edifício e a São Paulo lá de baixo, íamos tecendo uma relação com o que tínhamos acabado de ver e o que víamos naquele momento, sobre o que era um espaço ser restaurado e devolvido à população e o que era um outro abandonado, cuja ocupação por quem não tinha um teto era dificultada.

Caminhei até a frente do palacete do último andar e me sentei num dos quatro degraus da entrada principal. O prédio crescia mais cinco andares com a casa construída no terraço, como uma espécie de prova de que o edifício era realmente seguro, coisa que os paulistanos duvidavam e até chegavam a passar do outro lado da rua, com medo de que ele desabasse sobre suas cabeças.

Bê me acompanhou e se sentou ao meu lado. Parecia um despropósito nós dois ali, usufruindo desses degraus; sentia que a qualquer momento um guarda viria nos dizer: Ninguém pode sentar aí, não! Mais ou menos como se aquela pedra fosse uma importante peça de museu, dessas que só podemos ver, mas não tocar. As paredes da casa eram cor-de-rosa, e a porta, branca com vidros retangulares.

– Aqui morava o Comendador Giuseppe Martinelli – falei. – Contam que ele construiu sua casa no 26º andar para que ninguém duvidasse da segurança do edifício.

– Corajoso! – Bê riu.

– Antes disso, ele chegou a morar em um dos apartamentos em construção para provar a mesma coisa. Um homem obstinado.

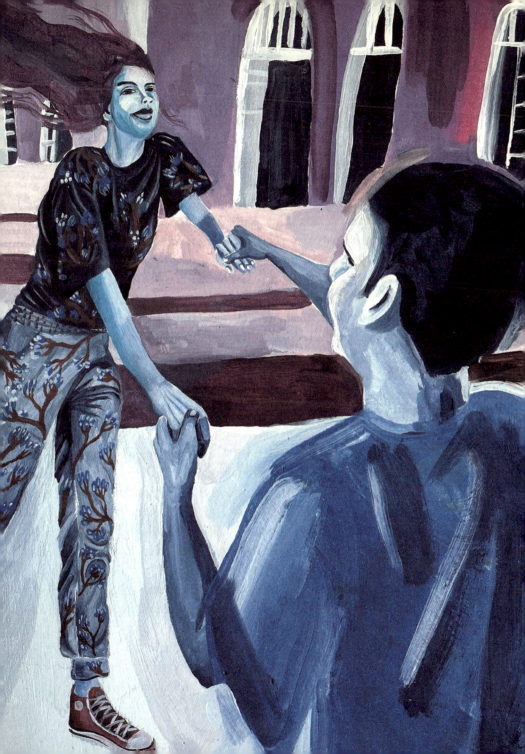

Bê olhou ao redor como que processando a informação.
– Sua irmã já deve ter vindo aqui – falei.
Ele tornou a me encarar:
– Provavelmente. Eu nunca.
– E tá gostando?
– Muito! Principalmente da companhia. – Senti meu rosto ficar vermelho e um raio gelado no abdômen. – Adorei sua explicação.
Apontei para o piso e falei em seguida:
– Mármore carrara original, trazido da Itália, na época. Não é incrível? Diversos materiais vieram de fora, até o cimento.
– Como é que você sabe de tudo isso? Vai me dizer que estava no livro do Marcos Rey e que você se lembra de todos os detalhes?
– Claro que não! Eu pesquisei. Aprendi a fazer isso com a minha mãe, sempre que viajamos, lemos antes sobre o lugar. Foi o que eu fiz quando planejamos nossa excursão pelo centro.
Levantei e continuei a passear tranquilamente, como se aquele fosse meu quintal. Fui tocando as pilastras, me debruçando no balaústre de concreto que cercava o terraço, olhando o que a vista alcançava – o Farol Santander, antigo Banespa, a Catedral da Sé, com sua maravilhosa cúpula verde-água, e tantos outros edifícios dos quais eu não sabia o nome.
Quando me virei, levei o maior susto, porque Bê estava bem atrás de mim. Dei-lhe uma bronca como se ele fosse o Samu me pregando peças e recebi de volta uma resposta qualquer, justificando a brincadeira. Não tinha intenção de me assustar.
– Gostei que você me trouxe aqui – ele disse, seus olhos em cima dos meus.
Senti o mesmo desejo daquele dia do Open Campus, com a diferença de que agora eu não teria a desculpa de que passava mal e não sabia o que estava fazendo. Desculpa boba e sem nexo, ainda mais depois da história que lhe contei, mas que tinha servido para colocar um ponto final no episódio. Se o beijasse, era porque beijava mesmo, porque estava a fim.
Continuei a fala dele, corrigindo-o, com delicadeza:
– Mas foi você quem me trouxe aqui.
E não houve mais diálogo. Por ora. Só o melhor beijo da vida.

30

Não avisei meus pais quando fui ao centro da cidade. Apenas caminhei até a portaria, aguardei o transporte, cheguei à Estação São Paulo-Morumbi e lá me encontrei com Bê para seguirmos juntos até o Anhangabaú.

Mas a volta não foi simples assim.

Não entrei no carro em frente ao metrô e cheguei em casa da mesma forma como saí. Se antes havia ansiedade por causa do desconhecido, agora também havia; no entanto, a ansiedade era outra, era o pensamento que me afligia buscando solução, querendo saber como eu poderia modificar o que tinha visto ou se apenas poderia modificar a Sofia, o que não seria de todo mau.

Algumas pichações ecoavam na minha mente, passavam como letreiros subindo no final dos filmes. Enquanto isso, eu ouvia a música do Criolo, a mesma que Bê e eu tínhamos ouvido no metrô, na hora em que ele dividiu comigo um dos fones: Ouve essa música. Não existe amor em SP.

Tinha uma fila no meio do caminho.

No meio do nosso caminho, feito a pedra do Drummond. A pedra que uma cidade grande como São Paulo carrega no seu sapato. Pessoas que esperavam em pé por um prato de comida, numa dessas cozinhas solidárias que distribuem alimento aos moradores em situação de rua.

Dobrava o quarteirão.

Tantas vezes meu pai, minha mãe e eu nos víamos numa fila. Mas no início dela sempre estava a entrada de uma galeria, de um museu – a fome por arte *versus* a fome por alimento, pela subsistência. Eu nunca poderia imaginar, nem que tentasse, o que era não ter o que comer.

A maioria das pessoas estava em pé, mas uma das que não estavam me chamou a atenção. Foi para ela que meus olhos me guiaram, desde que comecei a acompanhar a fila lá de trás, tentando adivinhar para que seria.

Quase para entrar naquele espaço, estava um homem sentado na calçada, as costas e a cabeça apoiadas no muro, as pernas esticadas e semiabertas, envolvidas por um cobertor escuro. Só que o pano não cobria totalmente as pernas, e seus pés – descalços – eram visíveis. Essa manta, cobertor ou o que fosse não era grande o bastante para aconchegar o corpo todo.

Espiei para dentro do portão entreaberto, uma pessoa cuidava da organização da entrada. Vi mesas e cadeiras plásticas brancas, e uma senhora em pé com lenço na cabeça, perto de uma das mesas. Vi pessoas sentadas comendo, outras se levantando e indo embora. Foi tudo o que deu para ver.

Achei que deveria ser a hora da janta e me perguntei se aquelas pessoas teriam tido outra refeição naquele dia.

Não sei como as pessoas conseguem.

Conseguem passar e não ver.

Conseguem existir sem existir.

Entrei em casa e fui direto para meu quarto. Deitei na cama. Minha mãe ainda não tinha chegado do consultório e meu pai estava dando aula. Mandei recado para Bê, que tinha insistido para avisá-lo ao chegar. "Cheguei." "Que bom. Beijo." "Outro. Até amanhã." "Até." Diálogos curtos.

Mandei mensagem para meu primo, ele não me respondeu.

Levantei da cama, mudei a roupa. Tirei os tênis, calcei meus chinelos e fui bater na casa dele. Tia Manu atendeu. O Samuel foi à academia. Tá bom, obrigada. Fui até lá. Meu primo estava num dos aparelhos cujo nome eu não sei, ele já tinha me falado, remada, isso, lembrava remo. Ele me viu, não tirou a mão para me dar um tchauzinho, mas eu li que seus lábios me disseram um oi. Olhei para a meia dúzia de esteiras desocupadas e me aproximei. Nunca tinha caminhado ali, mexido nos botões, mas não deveria ser complicado. Subi. Olhei o painel iluminado e procurei onde ligar. Ela começou a rodar, e eu fui andando. Apertei o botão da velocidade. Apertei de novo. E aí Samuel deu um grito: Sofia, você tá de chinelo, sua maluca. Olhei para ele, foi como se falasse grego comigo. Girei o pescoço e mirei o visor novamente. Mais um número. Segurei no apoio lateral e, com uma das mãos, arranquei o chinelo de um dos pés. Depois, procedi da mesma forma com o outro, jogando longe. Apertei mais um número. Sofia! Vai machucar seu pé! Mais um. Sofia! Vai pôr o tênis! Comecei a correr. Descalça. Samu não falou mais nada, ou melhor, falou sim, falou, que eu era teimosa. Que fosse. Descalça.

31

Minha mãe não ficou sabendo o motivo das bolhas nos meus pés, que estouraram no dia seguinte. Doía, qualquer calçado machucava, mas eu aguentei firme. Samuel me xingou muito, além de tudo. Não liguei.

Meu pai estava mais tranquilo, até parecia outro. Dava para notar que seu foco havia mudado, agora se concentrava na preparação das aulas, e, por diversas vezes, peguei-o conversando ao celular, ajustando horários, recebendo outros interessados para quem os próprios alunos o tinham indicado. Começo de ano, todo mundo quer fazer exercício, colocar a vida nos trilhos.

Não sabia muito bem por quais trilhos meu pai andava. Minha mãe tinha retomado as consultas, a casa parecia ter entrado na rotina habitual, mas ainda assim eu estranhava.

Tinha feito uma nova amiga, Lívia. Era tímida, estudiosa, nesse ponto meio parecida comigo. Chamei-a para descer conosco para o intervalo e foi tudo bem. Chamei a semana inteira e Bruh começou a implicar.

– Você tá com ciúme – falei.

– Não é isso, ela é chata.

– Ela não é chata, é tímida. – Não adiantou nada.

Lívia veio de outro colégio, o motivo era o vestibular. Normal. Até hoje, nunca ouvi falar de um Ensino Médio que não estivesse focado nessa prova. Seja na capital, seja no interior, algum professor vai te falar um dia que o vestibular não é brincadeira, qualquer vacilo e você não passa e, se não passa, não se forma e, se não se forma, não consegue emprego bom.

Lívia e eu conversávamos muito sobre poesia. Diferente de mim, ela queria ser escritora, coisa que nunca me passou pela cabeça. Eu gostava de ler e só, apesar de escrever muito bem. Mas Lívia gostava de escrever de um jeito diferente de mim, por isso ela queria ser essa pessoa que talvez um dia pudesse viver da escrita, de livros, fato que, na casa dela, todo mundo achava loucura total.

– Você acha? – ela me perguntou.

Estávamos a sós, em casa, eu a tinha convidado para estudar algumas matérias que ela não estava entendendo bem, os currículos das escolas não caminharam na mesma sincronia.

– Bom...

– Meu pai disse que eu posso escrever. Nada impede que eu seja advogada e escritora.

Não quis contrariar a menina, nem a conhecia direito, quem era eu para dar qualquer opinião, sendo que nem da minha vida eu sabia direito.

– Acho que sim, Lívia – falei, enfim. – Você pode trabalhar como advogada e escrever, por que não?

Eu me lembraria dessa conversa com a Lívia, numa tarde dessa mesma semana. Meu pai estava na cozinha fazendo um suco de laranja, e eu tinha ido buscar alguma coisa para comer. Perguntou se eu também queria.

– Quero!

– Vou fazer um pra você.

Sentei à mesa e fiquei olhando para ele. Apesar de seu perfil me dizer que estava tranquilo, eu achava meu pai muito calado nesses últimos dias. Quer dizer, nesses últimos meses, desde lá atrás.

– Pensei que estivesse tudo bem – falei.

Sem tirar a mão da meia laranja, virou-se para mim:

– Quê?

Aumentei o tom de voz, não que fosse necessário, nosso espremedor de frutas não era barulhento. Ele tinha me ouvido, sim. Mas reformulei a questão:

– Pensei que você estivesse bem agora que seus alunos voltaram e que nenhum deles vai viajar, por enquanto. Mais algum vai pra Austrália?

Ele riu. Tirou a jarra do espremedor, dividiu o suco em dois copos e se sentou ao meu lado. Empurrou um deles para mim.
– Bebe, que tá geladinho.
Eu tomei um gole, ele fez o mesmo. Estava com roupa de ginástica, não sei se chegando ou saindo. Seus horários eram novos, demoraria um tempo até que eu os memorizasse.
– Fiz uma nova amiga – contei.
– Verdade?
– A-hã. O nome dela é Lívia. Mudou pra minha escola, tá na minha classe. Até veio aqui na segunda-feira, mas você não estava.
– Fico feliz, novas amizades são sempre bem-vindas.
– Ela mudou porque sua antiga escola estava meio ruim. Quer dizer, não era tão boa quanto a minha.
Ele deu um risinho sarcástico:
– Você a-ma aquela escola, não é mesmo?
– Os pais dela que quiseram, estão preocupados com o vestibular.
Meu pai continuou tomando o suco como se tudo estivesse bem. O suco estava. O resto das coisas é que eu não sabia. Também não sabia por que tinha começado esse assunto da Lívia, se, na verdade, eu queria falar sobre nós.
Ele se levantou, colocou o copo dentro da pia e ficou em pé, encostado nela, de frente para mim. Colocou as mãos para trás, segurando a borda, e cruzou um pé na frente do outro.
– Os pais da Lívia têm razão de se preocuparem – ele disse. – É uma época difícil para os adolescentes, já passei por isso, então...
– Passou de primeira?
– No vestibular?
Balancei a cabeça para a frente.
– Passei.
– E aí?
– Aí, eu vim morar aqui, você já sabe essa história.
– E a minha mãe?
– Isso você também sabe.

– Se conheceram numa festa da Medicina.
– É.
– E o amor? Foi instantâneo?
– Por que você tá me perguntando essas coisas?
– Curiosidade.
– Conta outra. – Meu pai deu um risinho com o canto da boca.
– Quero saber o que tá acontecendo com vocês. De verdade. Já te perguntei isso. São vocês? Sou eu?
– Sofia! – Ele voltou a ocupar a cadeira do meu lado. – Que bobagem!
– Vocês estão diferentes, esquisitos. Desde a praia. Não! Desde antes. Eu tenho 16 anos, não sou criança e, mesmo que fosse, duvido que não perceberia esse clima entre vocês.
– Eu não acho que você seja criança.
– Então por que não me fala a verdade?
– Porque não tem nada que você não saiba. Mas concordo que fui mudando nesse meio de caminho. Tô esquisito mesmo.
– E a minha mãe não mudou?
– Em algumas coisas, sim; em outras, não...
– Pai, dá pra você ser mais claro? Começa do zero, por favor.
– Que zero?
– Da festa.
– Nossa... Aí vai demorar uma vida! – Brincou.
– O que você vai fazer até a hora da minha mãe chegar? Eu posso estudar à noite, de madrugada, não me importo. Tô disponível agora. Começa.

32

Muito linda, a sua mãe. Eu fui à primeira festa da faculdade, era justamente aquela em que ela estava. Coincidência, né? A festa da Medicina não era só da Medicina, mas geralmente iam os estudantes das áreas comuns. Um amigo da classe me chamou para ir. Havia muitas meninas interessantes, conheci um monte de gente, de vários outros cursos, achei maravilhosa toda aquela interação, imagine, eu estava começando o primeiro ano e numa cidade completamente desconhecida para mim. Me diverti como nunca e no outro dia estava morto. Mas valeu a pena ter ficado acordado até de madrugada em plena quarta-feira, eu tinha 18 anos e muito fôlego para recuperar a quebradeira em poucas horas. Valeu muito a pena, principalmente porque conheci a sua mãe. Demos nosso primeiro beijo lá, marcamos um encontro para dali a dias e continuamos saindo o ano inteiro. Eu morava numa república com mais dois amigos; sua mãe, num apartamento alugado só para ela, perto da faculdade. Os pais dela não queriam que a filha precisasse se deslocar, isso atrapalharia seus estudos, um vaivém totalmente desnecessário. Eu dependia exclusivamente dos meus pais e, mesmo sabendo que eles não tinham problemas financeiros para me manter aqui, não queria que desembolsassem tanto dinheiro com moradia. Já cheguei determinado a fazer assim, por isso logo na primeira semana arranjei pessoas para dividir um apartamento comigo. Grande, até. Cada um teria um quarto e toda a privacidade para os estudos. Cozinhar? Quem quisesse, senão almoçava no bandejão da faculdade ou em qualquer outro restaurante. Arrumação? Não precisava, uma faxineira dava conta de tudo.

Sua mãe também era uma mulher determinada. Mas com muito mais dinheiro do que eu. Tinha os pais a lhe darem a retaguarda necessária para que focasse apenas nos estudos. Não vou dizer que eu também não tinha. Analisando friamente, a vida foi fácil para nós dois. Escola particular, sem dificuldade econômica, boas notas, inclusive as do vestibular, o que garantiu nossa vaga já no final do terceiro ano do Ensino Médio. Nenhum de nós precisou fazer cursinho.

Sua mãe trouxe muito dessa experiência para a nossa vida. Quando você completou 4 anos, ela disse que seria um bom investimento pensarmos no seu futuro, queria que você tivesse a mesma facilidade que ela teve para estudar, foi por isso que surgiu a ideia do apartamento. Concordei com tudo, do início ao fim. Dinheiro não era problema, esta casa foi quase um presente dos seus avós, que resolveram, ainda em vida, doar parte da herança para as filhas. Não tenho nada para comprar com esse dinheiro, disse sua avó, então fica para vocês, construam suas casas, de preferência em condomínio fechado, porque vocês têm que pensar na segurança, imagine, muito bandido solto, não sei por que a polícia não dá um jeito neles, porque jeito tem, sim, senhor, fica esse bando de vagabundos andando pela cidade, vocês viram como São Paulo está ficando? Já ficou, basta dar uma volta pelo centro para ver. Gente no farol, vivendo debaixo de ponte, na rua, por que não vão para os albergues? Quando não estão amontoados na rua, estão invadindo os prédios, por que a prefeitura deixa? Tudo deteriorado, isso é uma coisa que eu não consigo entender. Tem mulher, criança... Que mãe é essa que sujeita os filhos a uma situação desse tipo? Criar os filhos num lugar desses? Não tem segurança. Não me entenda mal, Diego. Não tenho nada contra essa população pobre. De jeito nenhum. Pelo contrário. Acho que eles têm direito à moradia, sim. Tanto programa que existe... A minha empregada mesmo. Conseguiu financiamento para uma casinha, lá pelos lados da Zona Oeste, é longe, mas é dela. O que não pode é querer transformar o centro da cidade em favela, isso não. Ele poderia ser tão bonito, mas com essa gente invadindo os prédios... Eu morro de medo! E a Carla grávida! Pensa bem. Construam em condomínio fechado. Já falei para a Manu que, se eu fosse ela, continuaria morando no mesmo lugar. Para que sair? O Samuel é um bebê, o apartamento deles é grande, bairro ótimo. Mas é teimosa essa minha filha. Quer ver que vai procurar uma casa justamente onde a Carla escolher?

33

Samuel trocava meia dúzia de frases comigo e botava a Europa no assunto. Eu andava cansada disso, mas fazer o quê? No momento, estávamos conversando na beira da piscina, despreocupadamente. Claro, com euro e mochilão atravessando nossos diálogos.

– Sofi, você não tem noção de quanto custa um euro.

Fiz cara de quem não tinha mesmo:

– E daí?

– Se meus pais não me ajudarem... – Ele balançou a cabeça para os lados, chateado.

– Samu, tira essa ideia da cabeça!

– De jeito nenhum!

– Mas o que é que você quer fazer fora do Brasil?

– Estudar, viver, sair das asas da dona Manu.

– Faz isso aqui. Tem tanta coisa...

– Sofi, entenda. Se eu ficar, minha mãe não vai me dar sossego, vou ter que fazer cursinho, qualquer coisa que me prepare pro vestibular do ano que vem. E não sei se quero prestar vestibular no ano que vem porque simplesmente ainda não sei o que quero ser quando crescer.

Nós rimos. Apesar de tudo, ele ainda conseguia manter o bom humor. Adorava esse Samu das risadas espontâneas. Meu primo me ajudava a ter equilíbrio, a chegar mais para o centro.

Umas das moradoras do condomínio apareceu, colocando suas coisas numa cadeira. Ela olhou para nós, deu um tchauzinho, esticou a toalha e se deitou. Ergui o braço também, acenando. Não tinha contato com ela além de "oi e "bom dia", era uns dois anos mais velha que eu, acredito. Olhei para meu primo e percebi alguma coisa no ar.

Ele disfarçou quando viu que o encarava e decidiu entrar na água.

– Então é ela?

– Chiu, fala baixo! – Ele se sentou de novo.

– Ahn...

– Acabou – ele disse. – Ela tá namorando.

– Sinto muito.

– Não sinta. Já sofri tudo o que tinha que sofrer. Acabou.

Dei uma olhadinha para a menina, que já tinha se ajeitado com óculos de sol e chapéu. Virei para ele:

– Achei legal isso, sabia?

– Isso o quê? Meu sofrimento?

– Não! Desculpa, acho que me expressei mal. É que achei esse "sofrer por amor" – dobrei os dedos em aspas – algo diferente em você. Tão intenso! Apaixonou, ficou perdido.

– Gracinha... Quando você e o Bê terminarem, vou me lembrar disso.

– Ei! Vai gorar o namoro dos outros pra lá!

– A-há! Então tá mesmo namorando!

– Não parece óbvio?

– Pra mim, não. Você pode se encontrar com o cara todo fim de semana e nem estar namorando.

– Tá bom, Samu. Não vou discutir. Mas me fala uma coisa: é por causa dela que você quer ir embora?

– Sofi, você acha que eu sou o quê?

Ergui os ombros.

– Nada a ver – ele respondeu. – Eu vou embora pra viver a vida.

Dei um suspiro fundo. Não adiantava falar para ele viver a vida aqui mesmo. Meu primo não mudava o disco. Tempo perdido.

Peguei sua mão, dei um aperto de leve e falei o que achei certo:

– Boa sorte, então. – Mirei seus olhos. – Não é ironia, é de verdade.

Ele sorriu:

– Eu sei, sua boba. É por isso que eu te amo.

34

Não sei se eu a amo mais. Não como antes, pelo menos, não como imaginei que seria a vida inteira. É estranho eu estar dizendo isso justamente a você, nossa filha. Mas foi você que pediu para eu contar a verdade. E a verdade é esta: nós, adultos, também ficamos confusos e implicantes.

Você tinha razão quando disse que o assunto era o Samuel e eu trouxe o assunto para você. Acabei percebendo que tudo era pretexto para brigarmos. É que realmente comecei a me perguntar se eu e a sua mãe não estávamos fazendo com você a mesma coisa que a Manu e o Miguel faziam com o Samu.

Nunca quis te obrigar a nada, a desenhar seu futuro quando você nem tinha saído da Educação Infantil. É que as coisas foram acontecendo, sua mãe, essa mulher fantástica e decidida, tomou conta de tudo, me ajudou com o mestrado nos Estados Unidos, não com dinheiro, porque isso eu tinha, mas o apoio dela foi fundamental, senão eu talvez não tivesse ido. Se ela não fosse comigo, quero dizer. Mas ela foi, inventou cursos e congressos, adiou sua profissão aqui, mesmo contrariando a mãe. Sua avó não queria muito que a filha fosse morar fora. Para que isso?, ela dizia. Você precisa é montar seu consultório, pensar na sua profissão. A Carla nem quis saber de nada, ia comigo, ficava comigo pro que desse e viesse, porque sabia quanto esse mestrado em Indianápolis era importante para mim. Ao voltarmos, construímos esta casa, e lá vieram seus tios.

Manu me irritava com sua postura de madame. Sua avó também não ficava muito atrás, dizia cada coisa... Comecei a enxergar que eu tinha errado por nunca ter percebido que você poderia querer outra vida que não fosse a que a sua mãe queria. Nós queríamos. Não vou me isentar, não. O fato é que me dei conta disso com essa confusão toda do Samuel.

Nós dois conversamos muito, na praia. Acordávamos cedo para correr, mas às vezes nem corríamos, só caminhávamos para que ele tivesse mais fôlego para falar dos problemas; às vezes, ficávamos sentados na areia olhando o mar. Ele estava apaixonado por uma menina e por uma ideia. Falamos da segunda questão porque, sobre a primeira, me parecia caso encerrado: ela não estava a fim, ponto.

Samu queria ir para a Europa. Fazer algum curso, se desse, ou simplesmente trabalhar a troco do sustento. Me contou que, se fosse para estudar agora, gostaria de fazer Educação Física, como eu. Não me espantei, sabia? Acho que se daria bem. Já pensou na sua tia? Querendo que o filho fosse a sombra da irmã e ele vai justo para o lado desse tio aqui... Seria engraçado. Mas falei que não tinha que decidir nada nesse momento. Que se eu, sua mãe e os pais dele fomos mais rápidos nas escolhas e seguimos a carreira que estudamos, isso não precisava acontecer com ele da mesma forma. Tenho vários alunos que começaram a cursar isso, mudaram para aquilo... E está tudo bem. Foi o que eu disse para ele durante os dias lá na praia e é também o que eu quero dizer para você. Está tudo bem, Sofia. Está tudo bem. Siga o seu coração.

35

A pedido da Julie, fui até o consultório da minha mãe. Pela manhã, na aula, ela reclamou que mal tinha dormido à noite por causa de dor de garganta.

– Dói tudo, amiga. – Ela colocou a mão no pescoço, a voz rouca, a feição de quem estava com dor.

– Tadinha... – Confortei-a. – Tomou alguma coisa? Um remédio?

– Chá. Minha mãe diz que é friagem, esse tempo maluco. Olha a minha garganta. – Ela abriu a boca e chegou perto de mim. Quase ri. Ela achava que, por eu ser filha de otorrinolaringologista, poderia resolver seu problema.

Assim mesmo, olhei com atenção:

– É, tá bem vermelha...

Julie fechou a boca:

– E o que você acha?

– Amiga, como vou saber?

– Você não é filha de médica de garganta?

– Ai, Julie! – Agora eu ri.

– Não consigo engolir. Tô sofrendo!

– Quer que eu ligue pra minha mãe? Ela vê um horário e te atende.

– Você faz isso por mim?

– Claro, né. Peraí.

Comecei a digitar: "Oi, mãe! A Julie tá com muita dor de garanta. Será que você consegue encaixar ela agora à tarde?".

Antes da última aula, minha mãe me respondeu: "Consigo. Fala para ela vir lá pelas quatro horas, que eu atendo".

Julie pediu que eu fosse junto. Larguei meus cadernos e também o planejamento dessa tarde. Para ser sincera, eu andava meio sem vontade de estudar, pelo menos no modo viciante.

Nessa semana, Lívia viria estudar comigo mais uma vez, e eu estava achando isso bom. Me distraía explicar a matéria; mais que isso, eu me sentia feliz. Tinha achado algo novo em mim agora: esse lado professora.

Julie e eu chegamos ao consultório, cumprimentamos Shirley, a secretária, e perguntei se minha mãe tinha avisado sobre a consulta da minha amiga. Ela respondeu que sim, eu agradeci e nos sentamos.

Nos momentos de silêncio entre mim e Julie, geralmente quando ela olhava alguma coisa no celular, eu ficava reparando na decoração do consultório, que, na verdade, eu já conhecia de cor.

Mas existem coisas que você vê de um jeito e um tempo depois vê de outro. Aquelas paredes me pareceram claras demais, os sofás, claros demais, a mesa da secretária, tudo muito, muito claro.

Uma mulher chegou com um bebê no colo e se sentou perto de nós. Um cheiro de bebê saído do banho, aquele cheiro adocicado, macio, que você imagina que as crianças naturalmente têm, como a Biazinha, crescendo rodeada de pequenos luxos.

Muito diferente do que eu tinha visto no meio de sacos de lixo esparramados nas calçadas do centro da cidade, nem todos intactos. Carrinhos imensos, às vezes maiores do que os homens que os empurravam, passavam no meio daquela sujeira. Crianças descalças, famintas. Suponho famintas porque estavam brincando ao redor de pais e mães – suponho isso também –, aguardando a vez na fila daquele refeitório comunitário.

Quem cuidava da dor de garganta daquelas crianças? Da dor de barriga? No tempo em que eu brincava, era tudo simples, fácil, a colher fingindo remédio, a boca dos pacientes senhora Carla e senhor Diego abertas para receber a cura. Quem curava aquelas crianças?

Minha mãe abriu a porta com um sorriso, e eu voltei à órbita:

– Oi, filha! Oi, Julie, pode entrar.

Julie se levantou.

– Você não vem? – ela quis saber.

– Precisa que eu pegue na sua mão?

Julie riu e fez uma careta mostrando a língua. Assim que entrou, minha mãe fechou a porta e eu continuei filosofando enquanto olhava para aquela mãozinha de bebê se mexendo.

36

O meio do ano trouxe o inverno, o que não nos deixa esquecer que nessa cidade a temperatura se altera constantemente. Às vezes, pode até esquentar durante o dia, mas as noites são sempre geladas.

Era a época em que as ONGs se concentravam na arrecadação de agasalhos e cobertores e no preparo e na entrega de sopas, à noite. Várias frentes atuavam em diversos pontos do centro, e eu e Bê estávamos numa delas.

Cedo ou tarde, eu teria que falar com meus pais sobre o centro da cidade. Contei à minha mãe meia verdade, mas, como era de se esperar, ela não se contentou em saber apenas partes, queria detalhes, como onde é que eu iria exatamente e para fazer o quê.

– Nós vamos montar os *kits* com as doações. Lembra que você também ajudou? Então.

– Sim, mas uma coisa é você juntar agasalhos que não usa mais, outra bem diferente é levar os agasalhos até as pessoas. É perigoso, Sofia. Não estou gostando disso, não.

Sem querer, ela acabou acertando sobre a parte omitida: não montaríamos os *kits*, isso outro grupo já tinha feito, o que faríamos seria entregá-los à população em situação de rua. Se soubesse, minha mãe ficaria preocupada. Não adiantaria dizer que a ação aconteceria de manhã, que teria bastante gente envolvida e que andaríamos em bandos, como aves.

Confesso que fiquei meio indecisa quando Bê me perguntou se eu gostaria de participar da entrega. Eu não estava acostumada a fazer as coisas assim, sem minha mãe e meu pai saberem.

Talvez tenha sido para ficar com a consciência mais tranquila que resolvi falar com quem eu sempre falava nessas situações: Bruh.

Não só lhe contei a história toda como também a convidei para ir com a gente. Em vez de me dar uma resposta precisa, ela me perguntou se eu queria *mesmo* fazer isso.

– Por que não? – respondi. Não compreendi a colocação.
– E por que sim?
– Pra ajudar. Não parece lógico?
– Parece lógico que você tá indo só pra agradar o Bê.
– Claro que não!
– Você nunca foi atrás dessas coisas, de ajudar dessa forma. Tudo bem, todo ano a gente participa de alguma campanha, o colégio arrecada alimentos, agasalhos e... Não faz essa cara, é verdade!
– Cada um ajuda como pode.
– Exato!
– E eu posso mais.
– Ai, Sô! Deixa sua mãe saber...
– Você vai contar?
– Eu? Claro que não, né! Não sou sua amiga?
– Se é minha amiga de verdade, então precisa me compreender.
– E você vem falar uma coisa dessas justo pra mim? Quem é que tá sempre do seu lado? Só essa que me faltava! – E me virou as costas, ofendida.

Cheguei perto, pus a mão em seu ombro:
– Bruh...

Ela continuou como se não me ouvisse. Puxei o braço dela, obrigando-a a se virar para mim:
– O que é que tá acontecendo? Não sei o que eu fiz pra você me tratar assim de uma hora pra outra. Pensa que não tenho percebido? Você tá perto, mas tá distante.

Ela me encarou de um jeito quase agressivo:
– Você não sabe?
– Claro que não!

— Vamos lá. De uma hora pra outra, você resolve me deixar de lado pra ficar com a Lívia e com o Bê. Não precisa mais da Bruh, que te ajuda nos perrengues. Não precisa mais da Bruh, que estuda com você. Nada.
— Você tá sendo injusta.
— Quem foi estudar na sua casa na semana passada? Na retrasada?
— Eu também te convidei.
— Não dava pra eu ir.
— E a culpa foi minha?
— Você se aproximou da Lívia e se afastou de mim. Aliás, se aproximou do Bê também. Duas pessoas agora. Nem conversamos mais sobre os planos para nossa futura vida no hospital... Lembra? Daquele lance de trabalharmos juntas?
— Bruh, você nem sabe se vai trabalhar em hospital! Estávamos brincando quando falamos aquilo. Mais: estávamos sendo infantis.
— Agora eu sou infantil.
— Falei nós duas. Não distorce.
— O caso é que sonhávamos juntas com nosso futuro. Cada passo dele. Desde as brincadeiras na calçada de casa, lembra? É claro que não lembra.

Bruh começou a chorar e eu a senti muito triste. Muito mesmo. O que tinha dado nela?

Eu poderia ter percebido algo diferente, que talvez ela não estivesse bem. Mas eu estava tentando entender o que acontecia comigo, meu namoro e tantas sensações novas que eu nunca tinha experimentado. Eu tinha o direito de me apaixonar e viver esse amor, de pensar em mim, não tinha? Estava sendo egoísta demais? Vou lá saber. A vida é muito complicada.

Quanto à Lívia... Puxa! A Lívia era uma menina legal, só isso. Não tinha se tornado minha melhor amiga da noite para o dia. O que a Bruh achava? Que culpa tinha eu, se ela conseguia se abrir mais comigo do que com as outras? Talvez porque gostássemos de ler, escrever... Quer dizer, ela gostava de escrever. E mais de uma vez me falou que devia um favor para seus pais.

143

Eu não enxergava Lívia como advogada estudando leis, usando vocabulário difícil, porque, bem ao contrário, em sua escrita sempre havia muitas metáforas, seus textos eram poéticos. Eu lia e elogiava. Até que um dia me perguntou o que eu achava que ela deveria fazer. Não me vi no direito de opinar. Ela não era a Bruh, que eu conhecia desde os três anos de idade.

E agora eu estava brigando com minha melhor amiga sobre o que, para mim, não tinha o menor sentido. Brigando por causa de combinações que fizemos sobre o futuro? Que futuro? Será que essa palavra estaria sempre rondando a minha vida, ligando uma chave na cabeça, me remetendo àquele sonho que dizia algo que eu não lembrava, mas que trazia uma sensação de angústia e ansiedade ao mesmo tempo?

Abracei-a:

– Bruh, você tá enganada – disse, carinhosamente. – Nunca pensei em me separar de você. Sério! Só que me apaixonei pelo Bê, e estamos namorando. Eu tô feliz, não percebe?

– Antes a gente não tinha tempo pra namorar.

– Mas acho que a gente tem! Namorar ou fazer o que quisermos! Temos uma vida, como diz meu primo. E ele tá certo. Não podemos viver nessa obsessão! Entenda isso, não tem nada a ver com você. Nada vai mudar, seremos amigas pra sempre, acredite em mim!

Ela passou a mão pelo rosto, enxugando as lágrimas. Perguntou:

– E a Lívia?

– Por que você implicou tanto com ela? Por que ela não pode ser nossa amiga também?

– Porque eu tenho ciúme!

– Isso eu sei.

Bruh ficou quieta, não negou minha afirmação, como já tinha feito outra vez. Eu também não disse mais nada. Fiquei aguardando o *grand finale* desse diálogo, Bruh me dizendo que fosse plantar batatas ou que me amava apesar de tudo.

Ela me abraçou, deitando a cabeça no meu ombro:

– Eu não sei dividir você.

– Bruh, eu não sou uma torta de morango.
– Adoro.
– Eu sei.
Desabracei a Bruh, encarando-a:
– Amiga, você tem irmão, deve ter aprendido a dividir. E eu que nem tenho?
– Belo exemplo.
– E não é verdade?
Ela ergueu os ombros, eu continuei:
– Pra mim também não tá sendo fácil, Bruh. Tenho que resolver várias questões na minha vida e preciso seguir meu coração. Meu pai me disse isso, e é o que eu tô tentando fazer. Queria que você me compreendesse e me apoiasse.
Bruh me abraçou forte:
– Te amo, amiga. Tamo juntas!

37

Fomos até o galpão da ONG e ajudamos a carregar a *van*. Outros carros também estavam sendo carregados, e cada um seguiria para um ponto diferente nos arredores do centro. Partimos.

Quando a *van* estacionou, no momento em que o motorista desceu para abrir a porta, vi uma mulher grávida de sete, oito meses passar ao lado da minha janela.

A barriga saltava dos *shorts jeans*, a camiseta não a cobria o suficiente nem era suficiente, a meu ver, a blusa de lãzinha preta aberta na frente. O tempo, apesar do sol, não era para tão pouco. Eu vestia calça, meia e tênis e uma blusa de malha justinha, de mangas compridas, por baixo de um moletom com capuz.

Coloquei o nariz na janela e fui girando o pescoço para acompanhá-la, mas chegou a um ponto em que não deu mais, ela sumiu da minha vista. Pensei que, quando o motorista abrisse a porta e eu descesse, descobriria para onde tinha ido.

Mas, antes disso, a moça passou de volta pela minha janela, não mais com as mãos vazias, como na ida: agora com um saco de lixo preto, naturalmente leve, já que era enorme, e ela não fazia qualquer esforço para carregá-lo. Fiquei intrigada. Onde teria apanhado aquilo?

Desci da *van* meio sem prestar atenção no pessoal que ajudava a retirar os *kits*. Eu olhava a moça, que parou alguns passos adiante, olhou para os dois lados da rua e depois atravessou. Havia uma farmácia em sua direção e foi para lá que ela seguiu. O estacionamento tinha um espaço grande, a fachada era de vidro transparente. Fiquei elaborando um monte de hipóteses, ainda intrigada.

Assim que a moça chegou à porta, ela colocou o saco de lixo no chão e se sentou ao lado dele de um jeito muito parecido com o do senhor na fila do refeitório, as pernas esticadas e entreabertas. Imagino que com aquela barriga não houvesse mesmo posição melhor. Ela abriu o saco de lixo e foi tirando algumas latinhas de dentro, pondo-as de lado, pegando uma por uma e batendo com um martelinho, que também tinha saído de lá. Amassava-as com tanta delicadeza, que provavelmente a tarefa levaria horas para ser concluída.

Surgiu um cliente, que empurrou a porta de vidro, e eu percebi quando ela falou qualquer coisa olhando para o alto. Ele não abaixou a cabeça, só entrou. Logo após, saiu um outro, a cena se repetiu, e a indiferença também.

– Vamos, Sofia!

Bê foi me puxando devagarzinho, mas eu não saía daquele estado letárgico, eu simplesmente não conseguia desviar os olhos da moça. Entrava cliente, saía cliente, e o pensamento girava na minha cabeça.

– Me dá um *kit* e me espera aqui – eu disse.

– Aonde você vai?

Apontei o outro lado, e Bê me entregou um dos *kits*.

Mal cheguei perto, a moça parou de amassar a latinha e seus olhos pequenos e escuros, a testa franzida, miraram em mim:

– Me ajuda a comprar um pacote de fraldas.

E então eu deduzi que essa deveria ser a frase que, de longe, eu tentava ler em seus lábios. Era automática. E ela não parecia ter muita esperança de resposta.

Agachei e lhe mostrei a caixa:

– Eu te trouxe isso.

– O que é?

Coloquei em seu colo, ela largou o martelo e abriu. Agasalho e cobertor. Ela deu um sorriso, parecia ter se esquecido da questão da fralda, porque nesse meio-tempo saíram dois clientes, e ela nem se desviou do presente para falar com eles.

– Que bonito! – falou.

Abri a bolsa e tirei um dinheiro, nunca andava com muito, só com cartão e celular, mas acho que dava para um pacote pequeno de fraldas. Ela me agradeceu, deixou a caixa de lado, guardou o dinheiro no bolso dos *shorts* e pegou o martelo de volta.

E o que aconteceria dali em diante seria que, assim que eu deixasse o estacionamento para voltar à *van*, outro cliente chegaria e a moça lhe diria as mesmas palavras proferidas a mim. Este, por sua vez, a ignoraria e entraria na farmácia, para sair minutos depois com sua compra. Mais outro chegaria, sairia e então...

Não vi essa parte, é apenas dedução, coisas que meu coração sentiu e ainda sentiria por muito tempo.

Não vi essa parte. Mas vi a primeira.

Vi que uma moça grávida não deveria estar sentada no chão gelado amassando latinhas. Que, em vez disso, deveria estar se alimentando, colocando os pés inchados para cima, descansando, indo ao médico, fazendo todo o acompanhamento que uma mulher grávida precisa fazer. Sim, como toda mulher grávida, a moça da farmácia também precisa. E alguém talvez precise de uma doutora Sofia para ajudá-la a ter uma gestação com mais dignidade. Não no consultório da minha mãe, com suas paredes claras, seu sofá macio, sua sala perfumada, seus porta-retratos criteriosamente ajeitados sobre sua mesa e na estante. Talvez seja um pouco ou muito diferente disso, quem sabe num lugar aonde as pessoas tivessem condições de chegar ou então que eu pudesse chegar até elas, caso a primeira hipótese não fosse possível.

Atravessei a rua, vi o Bê me esperando do outro lado, corri e o abracei.

Não me lembrei, nessa hora, daquela cena do *resort*, aquela em que eu beijava meu namorado com sofreguidão após uma corrida desenfreada. Não lembrei.

Mas esse papo, certamente, ainda viria à tona.

38

Um dia, quando Bê e eu estávamos numa boa, a gente só se curtindo, a televisão ligada para nada, Bê falou meu nome, de repente. Eu disse um "ahn", sem me desencostar de seu peito.
– Posso te perguntar uma coisa? – pediu.
– Claro.
– E aquele namorado?
Eu tinha esquecido, óbvio:
– Que namorado?
– O do *resort*. O que você beijou com sofreguidão.
Uma gargalhada explodiu da minha boca, e na mesma hora eu me desencostei para não engasgar. Não conseguia mais parar de rir! Ele riu também, mais por minha causa, que quase perdia o fôlego.
Sofreguidão foi a conta. Quem é que usa sofreguidão numa descrição amorosa falada? Ainda se fosse escrita, tudo bem, a gente procura caprichar numa redação para impressionar o leitor.
– É mentira, né?
Balancei a cabeça confirmando, porque eu não conseguia me segurar para dizer que sim, tudo balela.
– Sabia!
Quando pude falar, perguntei:
– Foi a "sofreguidão"?
– Exato.
– Ah, mas a história ficou boa, vai?
– Excelente.

Contei que nunca teve namorado nenhum, mas eu precisava arranjar uma desculpa para aquele beijo bizarro, nem que não fosse tão boa assim. Na verdade, saí da trilha muito brava, a ponto de quase errar o caminho. Samuel não deixou isso acontecer, o remorso dele já estava grande, e veio atrás de mim, quer dizer, gritou me dizendo que voltasse, que eu estava indo pelo caminho errado. Nem olhei a cara dele, mas eu não era boba de continuar com aquilo. Dei meia-volta, passei de cabeça erguida por ele e pela menina e segui adiante na certeza de que ele viria logo atrás.

Toda essa história acabou esquecida, pois, como nunca mais tocamos no assunto, não me lembrei mais da palavra.

Se você procurar sofreguidão no dicionário, vai achar diversos sinônimos, como ânsia, ansiedade, desejo, voracidade, até fome. Fome de beijo, que pode ser o que eu tinha sentido, mas também pode ser fome de alimento.

Naquele dia no centro da cidade, assim que cheguei perto do Bê, que me esperava do outro lado da rua, ele quis saber o motivo do meu choro, o que tinha acontecido com a moça grávida, se ela tinha falado alguma coisa que me deixou triste.

Triste? Como explicar o que tinha acontecido? Aquilo era uma conversa para horas e não para um minuto, e a gente precisava entregar os *kits*.

Fiquei me lembrando da moça grávida a todo momento que eu via uma criança com a mãe recebendo as doações. Tem pra mim?, um pequeno me perguntou. Tem, sim. E me lamentei muito por ter esquecido de perguntar à moça quanto tempo ainda faltava para o bebê nascer.

No dia seguinte, no café da manhã, contei aos meus pais sobre o quanto essa experiência tinha sido significativa para mim. Contei da moça grávida na porta da farmácia e que eu agora estava com uma sensação muito ruim, porque não fazia a mínima ideia do que lhe aconteceria, para onde iria, se tinha casa para morar ou não. Esqueci até mesmo de perguntar seu nome, mas jurei que isso não aconteceria na próxima vez.

O que houve depois disso foi um silêncio. Ninguém fez ruído ao colocar a xícara no pires, nem copos e talheres bateram na mesa.

Não sabia no que eles estavam pensando. Bronca eu levaria, na certa, já que menti dizendo que estaria apenas no galpão da ONG e não entre os moradores em situação de rua.

Meu pai olhou para minha mãe, o que significava que era ela quem deveria começar. E que talvez fosse ali, naquele momento, que ele conseguiria definir melhor o que sentia, se haveria alguma chance de os dois recomeçarem ou não.

Não sei bem se a palavra é essa, recomeço, porque nunca terminaram nada. Quer dizer, não é preciso viver em casas separadas para estarem separados. E eu via a rotina de um sem nenhum elo com a do outro. Viver juntos seria assim? Não creio. O que eu observava era que ambos pareciam adiar uma conversa, uma definição, pisavam em ovos, se esquivando de assuntos mais complexos. A rotina deles era cuidar de mim e não deles próprios.

Minha mãe também aguardava a fala do meu pai, só que aí, pensei, até quando eu ficaria esperando esses dois?

Resolvi dar uma mãozinha:

– Estão bravos?

Minha mãe foi a primeira a responder:

– Não estou brava, Sofia, não se trata disso. Fico preocupada.

– Eu sei.

Olhei para meu pai:

– E você?

Ele não respondeu com palavras, só fez que não com a cabeça. Suas mãos seguravam o queixo, os cotovelos apoiados na mesa, os olhos baixos.

– Vou voltar outras vezes – falei. – É importante pra mim. E não é por causa do Bê, antes que me digam isso. Só que também não adianta me pedirem que explique, porque não sei explicar nada. Só sei que eu posso ajudar e é isso o que quero fazer. Não quero brincar de doutora Sofia que cura dor de barriga de gente rica como vocês.

Eles deram uma risadinha comedida. Minha mãe disse qualquer coisa como dor de barriga é igual para todo mundo, eu disse que nem sempre, mas não quis criar polêmica àquela hora. Tudo bem, era domingo, estávamos tomando o café da manhã tranquilamente, nenhum dos dois precisava sair correndo porque tinha paciente no primeiro horário ou porque tinha aula logo cedo.

Entretanto, um instante depois, mudei de ideia:

– É muito diferente a sua dor de barriga e a dor de barriga de qualquer uma daquelas pessoas que eu encontrei. Vivem em barracas, mãe. Não têm banheiro nem água, não têm o básico. Eles aprendem até como colocar a lona corretamente sobre a barraca para não entrar água nos dias de chuva. Prédios vazios são ocupados porque não há moradia, eles não conseguem pagar aluguel e comer ao mesmo tempo, a gente não sabe o que é isso e nunca vai saber, por mais empática que eu seja, por mais que eu deseje ser uma boa médica para essa população. Não consigo ouvir uma criança e ficar imune à situação dela. Como aquele menino que me disse que se sentia feliz por ter conseguido uma barraca e que agora poderia ficar lá dentro. Mas é escuro. Mas é escuro, ele disse, após a mãe ter me contado que já era noite quando terminaram de montá-la.

Eu poderia dizer mais, mas era o que bastava, por ora.

Nunca vi minha mãe chorar por uma história contada por mim. Porque sempre eram redações nota dez, com meus finais mirabolantes e felizes e que conseguiam surpreender positivamente os professores.

Eu não tinha um final para essa história, mas queria muito poder mudar esse parágrafo da vida das pessoas. Não disse isso na hora, só fui pensar depois, no silêncio do meu quarto, com a luz apagada. Você só quer apagar a luz e dormir, mas não consegue mandar no pensamento.

Minha mãe estendeu o braço por cima da mesa e me deu a mão:

– Estamos com você, filha.

Segurei-a firme e repeti o gesto na direção do meu pai, que apertou forte. Nós três de mãos dadas, ou quase. Queria que um deles tomasse a iniciativa e fizesse o mesmo entre eles. Faltava um laço.

Mas confesso que ter ouvido minha mãe usando o verbo no plural já tinha sido grandioso para mim e o que eu mais gostaria nesse momento era que meu pai também tivesse percebido.

Sim, ele percebeu. E estendeu a outra mão para ela.

Dali a pouco, em algum outro café da manhã, já estaríamos falando a respeito do fim do ano novamente. Não apenas sobre a viagem de férias como também sobre a festa de formatura do Samu, o início do meu terceirão e o esperado vestibular para Medicina.

E, quando minha mãe puxasse assunto sobre qual seria a nossa programação de férias, meu pai diria não ter muita ideia sobre o lugar, mas que seria muito bom se viajássemos sem a tia Manu e tio Miguel dessa vez, que gostaria muito que fôssemos só nós.

Eu teria medo de que começassem a discutir novamente, estaria pronta para deixar a mesa e pedir que alguém me levasse à escola.

Contudo, que bom, nenhum conflito àquela hora da manhã. Muito pelo contrário: minha mãe concordaria com ele, pela primeira vez.

Como foi que meu primo
conseguiu fazer
o mochilão pela Europa,
se
não tinha um bendito
euro no bolso.

Epílogo

Deixa o menino viver essa experiência, Manu!, eu disse. Isso depois de já ter conversado muito com ele na praia. Você sabe, Sofia, que eu amo seu primo como se fosse meu filho.

Foi uma boa conversa. Disse muitas coisas nas quais eu acreditava e que talvez ele precisasse ouvir.

Se eu pudesse, Samu, te dava a passagem de presente de aniversário, de Natal. Mas não posso. Isso você vai ter que conquistar sozinho. Não dá para ter independência de fachada, entende? Vai precisar contar com o apoio do seu pai e da sua mãe nessa fase da sua vida. "Mas como?", eu podia ver essa pergunta nos olhos dele. E respondi, mesmo sem a ter ouvido: Sabe como, Samu? Dialogando. Seus pais vão te escutar, pode ter certeza. Pelo menos, eu escutaria. Você tem todo esse ano pela frente, vai devagar, explica, mostra que você pode ter essa autonomia, que isso é importante para você e que o que precisa no momento é de apoio. Deles. O nosso você já tem. Eu sei o que você está passando e posso dizer que eu te entendo. Você não precisa decidir sua vida agora, está tudo bem se demorar mais uns anos para descobrir o que te encanta, o que te move. Passar um ano fora do país pode ser bom? Eu acho que sim, mas aí seus pais têm que achar também. É isso o que eu queria te dizer. Agora relaxa. Faz quase uma semana que todo santo dia a gente vem correr na praia, senta aqui na areia, bate um papo, e você nem absorve direito essa endorfina maravilhosa, que está à disposição no nosso corpo. Corre sem pensar em nada, Samu, que vai te fazer bem. Agora, vai lá. Dá um mergulho, eu te espero aqui.

Artigo 6ª da Constituição Federal de 1988. Emenda Constitucional número 64, de 4 de fevereiro de 2010:

São direitos sociais a educação, a saúde, a alimentação, o trabalho, a moradia, o lazer, a segurança, a previdência social, a proteção à maternidade e à infância, a assistência aos desamparados, na forma desta Constituição.

Tânia Alexandre Martinelli

Nasci em Americana, São Paulo, cidade onde resido. Sou graduada em Letras, com Licenciatura em Língua Portuguesa, pela PUC-Campinas, e em Língua Espanhola pela FAM-Americana. Fui professora de Português durante 18 anos e há bastante tempo venho me dedicando integralmente à literatura. Tenho mais de 40 obras publicadas para crianças e jovens, já fui finalista do Prêmio Jabuti, recebi importantes premiações e tenho a alegria de ver um dos meus livros publicado na Colômbia. Neste ano de 2023, comemoro 25 anos de literatura. *Ocupação* foi o livro que escolhi para essa comemoração. Ao pensar numa narrativa em que adolescentes estão na difícil fase de se encontrar, de saber o que querem estudar na faculdade, minha história seguiu para um caminho mais amplo: além de se relacionar à profissão, o título também remete às ocupações de imóveis do centro de São Paulo, há décadas abandonados, que foram alvo das minhas pesquisas. São prédios vazios que não cumprem sua função social, servir de moradia, sendo que temos uma grande população sem ter onde morar. E o que essas pesquisas têm a ver com a Sofia, estudante do Ensino Médio e narradora dessa história?
Garanto que muita coisa.

Maria Gabriela Rodrigues

Sou artista visual formada pela UFJF-MG e trabalho com livros ilustrados, ilustração editorial e estamparia para marcas de moda. Atualmente, moro no Rio de Janeiro, onde continuo minha especialização em pintura na Escola de Artes Visuais do Parque Lage. As ilustrações que desenvolvi para este livro foram criadas através da técnica de pintura com tinta acrílica, buscando construir uma narrativa visual utilizando a fluidez dessa prática artística, das pinceladas e da transição de cores.

*Este livro foi composto com as fontes
Sabon e Brushstroke e impresso
em papel Pólen para a
Editora do Brasil em 2023.*